# 冰心散文精选

·阅读，与最好的自己相遇·

Bing Xin
冰心 著

为青少年读者
量身打造的经典读本

长江出版传媒 | 崇文书局

**图书在版编目（CIP）数据**

冰心散文精选：青少版 / 冰心著. -- 武汉：崇文书局，2022.9
ISBN 978-7-5403-6691-9

Ⅰ. ①冰… Ⅱ. ①冰… Ⅲ. ①散文集－中国－现代 Ⅳ. ① I266

中国版本图书馆 CIP 数据核字（2022）第 087102 号

责任编辑：曹　程
责任校对：董　颖
责任印制：李佳超

冰心散文精选：青少版
Bing Xin Sanwen Jingxuan：Qingshaoban

出版发行：长江出版传媒｜崇文书局
地　　址：武汉市雄楚大街 268 号 C 座 11 层
电　　话：(027)87677133　邮政编码　430070
印　　刷：中印南方印刷有限公司
开　　本：640mm×900mm　1/16
印　　张：18.25
字　　数：170 千字
版　　次：2022 年 9 月第 1 版
印　　次：2022 年 9 月第 1 次印刷
定　　价：36.80 元

# 目录

## 往事

# 往事

一年三百六十五天，有许多可记的事；

一年三百六十五夜，更有许多可记的梦。

在梦中常常是神志湛然，飞行绝迹，

可以解却许多白日的尘机烦虑。

更有许多不可能的，

意外的遨游，可以突兀实现。

# 一只小鸟

## ——偶记前天在庭树下看见的一件事

有一只小鸟，它的巢搭在最高的枝子上，它的毛羽还未曾丰满，不能远飞；每日只在巢里啁啾着，和两只老鸟说着话儿，它们都觉得非常的快乐。

这一天早晨，它醒了。那两只老鸟都觅食去了。它探出头来一望，看见那灿烂的阳光，葱绿的树木，大地上一片的好景致；它的小脑子里忽然充满了新意，抖刷抖刷翎毛，飞到枝子上，放出那赞美“自然”的歌声来。它的声音里满含着清—轻—和—美，唱的时候，好像“自然”也含笑着倾听一般。

树下有许多的小孩子，听见了那歌声，都抬起头来望着——

这小鸟天天出来歌唱，小孩子们也天天来听它，最后他们便想捉住它。

它又出来了！它正要发声，忽然嗤的一声，一个弹子从下面射来，它一翻身从树上跌下去。

斜刺里两只老鸟箭也似的飞来，接住了它，衔上巢去。它的血从树隙里一滴一滴地落到地上来。

从此那歌声便消歇了。

那些孩子想要仰望着它，听它的歌声，却不能了。

# 遥寄印度哲人泰戈尔[1]

泰戈尔！美丽庄严的泰戈尔！当我越过“无限之生”的一条界线——生——的时候，你也已经越过了这条界线，为人类放了无限的光明了。

只是我竟不知道世界上有你——

在去年秋风萧瑟、月明星稀的一个晚上，一本书无意中将你介绍给我，我读完了你的传略和诗文——心中不作别想，只深深地觉得澄澈……凄美。

你的极端信仰——你的“宇宙和个人的灵中间有一大调和”的信仰；你的存蓄“天然的美感”，发挥“天然的美感”的诗词，都渗入我的脑海中，和我原来的“不能言说”的思想，一缕缕的合成琴弦，奏出缥缈神奇无调无声的音乐。

---

① 泰戈尔：印度诗人、作家、艺术家、社会活动家。1861年5月7日出生在西孟加拉邦加尔各答市。1878年赴英国学法律，继转入伦敦大学学习英国文学。1880年回国，专门从事文学活动。1913年荣获诺贝尔文学奖。

泰戈尔！谢谢你以快美的诗情，救治我天赋的悲感；谢谢你以超卓的哲理，慰藉我心灵的寂寞。

这时我把笔深宵，追写了这篇赞叹感谢的文字，只不过倾吐我的心思，何尝求你知道！

然而我们既在“梵”中合一了，我也写了，你也看见了。

一九二〇年八月三十夜

# 笑

雨声渐渐地住了，窗帘后隐隐地透进清光来。推开窗户一看，呀！凉云散了，树叶上的残滴，映着月儿，好似莹光千点，闪闪烁烁地动着。——真没想到苦雨孤灯之后，会有这么一幅清美的图画！凭窗站了一会儿，微微地觉得凉意侵人。转过身来，忽然眼花缭乱，屋子里的别的东西，都隐在光云里；一片幽辉，只浸着墙上画中的安琪儿。——这白衣的安琪儿，抱着花儿，扬着翅儿，向着我微微地笑。

“这笑容仿佛在哪儿看见过似的，什么时候，我曾……”我不知不觉地便坐在窗口下想，——默默地想。

严闭的心幕，慢慢地拉开了，涌出五年前的一个印象。——一条很长的古道。驴脚下的泥，兀自滑滑的。田沟里的水，潺潺地流着。近村的绿树，都笼在湿烟里。弓儿似的新月，挂在树梢。一边走着，似乎道旁有一个孩子，抱着一堆灿白的东西。驴儿过去了，无意中回头一看。——他抱着花儿，赤着脚儿，向着我微微地笑。

“这笑容又仿佛是哪儿看见过似的！”我仍是想——默默地想。

又现出一重心幕来，也慢慢地拉开了，涌出十年前的一个印象。——茅檐下的雨水，一滴一滴地落到衣上来。土阶边的水泡儿，泛来泛去地乱转。门前的麦垅和葡萄架子，都濯得新黄嫩绿的非常鲜丽。——一会儿好容易雨晴了，连忙走下坡儿去。迎头看见月儿从海面上来了，猛然记得有件东西忘下了，站住了，回过头来。这茅屋里的老妇人——她倚着门儿，抱着花儿，向着我微微地笑。

这同样微妙的神情，好似游丝一般，飘飘漾漾地合了拢来，绾在一起。

这时心下光明澄静，如登仙界，如归故乡。眼前浮现的三个笑容，一时融化在爱的调和里看不分明了。

一九二〇年

# 宇宙的爱

四年前的今晨，也清早起来在这池旁坐地。

依旧是这青绿的叶，碧澄的水。依旧是水里穿着树影来去的白云。依旧是四年前的我。

这些青绿的叶，可是四年前的那些青绿的叶？水可是四年前的水？云可是四年前的云？——我可是四年前的我？

它们依旧是叶儿，水儿，云儿，也依旧只是四年前的叶儿，水儿，云儿。——然而它们却经过了几番宇宙的爱化，从新的生命里欣欣地长着，活活地流着，自由地停留着。它们依旧是四年前的，只是渗透了宇宙的爱，化出了新的生命。——但我可是四年前的我？

四年前的它们，只觉得憨嬉活泼，现在为何换成一片的微妙庄严？——但我可是四年前的我？

抬头望月，何如水中看月！一样的天光云影，还添上树枝儿荡漾，圆月儿飘浮，和一个独俯清流的我。

白线般的长墙，横拖在青绿的山上。在这浩浩的太空里，阻不了阳光照临，也阻不了风儿来去，——只有自然的爱是无限的，何用劳苦工夫，来区分这和爱的世界?

坐对着起伏的山，远立的塔，无边的村落平原，只抱着膝儿凝想。朝阳照到发上了，——想着东边隐隐的城围里，有几个没来的孩子，初回家的冰仲，抱病的冰叔，和昨天独自睡在树下的小弟弟，怎得他们也在这儿……

一九二一年六月十八日，在西山

# 山中杂感

溶溶的水月，螭头上只有她和我。树影里对面水边，隐隐地听见水声和笑语。我们微微地谈着，恐怕惊醒了这浓睡的世界。——万籁无声，月光下只有深碧的池水，玲珑雪白的衣裳。这也只是无限之生中的一刹那顷！然而无限之生中，哪里容易得这样的一刹那顷！

夕照里，牛羊下山了，小蚁般缘走在青岩上。绿树丛颠的嫩黄叶子，也衬在红墙边。——这时节，万有都笼盖在寂寞里，可曾想到北京城里的新闻纸上，花花绿绿的都载的是什么事？

只有早晨的深谷中，可以和自然对语。计划定了，岩石点头，草花欢笑。造物者呵！我们星驰的前途，路站上，请你再遥遥地安置下几个早晨的深谷！

陡绝的岩上，树根盘结里，只有我俯视一切。——无限的宇宙里，人和物质的山，水，远村，云树，又如何比得起？然而人的思想可以超越到太空里去，它们却永远只在地面上。

一九二一年六月二十日，在西山

# 往事（一）（节选）

## 七

父亲的朋友送给我们两缸莲花，一缸是红的，一缸是白的，都摆在院子里。

八年之久，我没有在院子里看莲花了——但故乡的园院里，却有许多；不但有并蒂的，还有三蒂的、四蒂的，都是红莲。

九年前的一个月夜，祖父和我在园里乘凉。祖父笑着和我说：“我们园里最初开三蒂莲的时候，正好我们大家庭中添了你们三个姊妹。大家都欢喜，说是应了花瑞。”

半夜里听见繁杂的雨声，早起是浓阴的天，我觉得有些烦闷。从窗内往外看时，那一朵白莲已经谢了，白瓣儿小船般散漂在水面。梗上只留下小小的莲蓬和几根淡黄色的花须，那一朵红莲，昨夜还是菡萏的，今晨却开满了，亭亭地在绿叶中间立着。

仍是不适意！——徘徊了一会儿，窗外雷声作了，大雨接着就来，愈下愈大。那朵红莲，被那繁密的雨点，打得左右欹斜。在无遮蔽的天空之下，我不敢下阶去，也无法可想。

对屋里母亲唤着，我连忙走过去，坐在母亲旁边——一回头忽然看见红莲旁边的一个大荷叶，慢慢地倾侧了来，正覆盖在红莲上面……我不宁的心绪散尽了！

雨势并不减退，红莲却不摇动了。雨点不住地打着，只能在那勇敢慈怜的荷叶上面，聚了些流转无力的水珠。

我心中深深地受了感动——母亲呵！你是荷叶，我是红莲。心中的雨点来了，除了你，谁是我在无遮拦天空下的荫蔽？

一九二二年七月二十一日

## 十五

黄昏时下雨，睡得极早，破晓听见钟声续续地敲着。

这钟声不知是哪个寺里的，起得稍早，便能听见——尤其是冬日——但我从来未曾数过，到底敲了多少下。

徐徐地披衣整发，还是四无人声，只闻啼鸟。开门出去，立在栏外，润湿的晓风吹来，觉得春寒还重。

地下都潮润了，花草更是清新，在蒙蒙的晓烟里笼盖着，秋千的索子，也被朝露压得沉沉下垂。

忽然理会得枝头渐绿，墙内外的桃花，一番雨过，都零落了——

忆起断句“落尽桃花澹天地”，临风独立，不觉悠然！

## 十六

一年三百六十五天，有许多可记的事；一年三百六十五夜，更有许多可记的梦。

在梦中常常是神志湛然，飞行绝迹，可以解却许多白日的尘机烦虑。更有许多不可能的，意外的遨游，可以突兀实现。

一个春夜：梦见忽然在一个长廊上徐步，一带的花竹栏杆，栏外是水。廊上近水的那一边，不到五步，便放着一张小桌子，用花边的白布罩着，中间一瓶白丁香花，杂着玫瑰，旁边还错落地摆着杯盘。望到廊的尽处，几百张小桌子，都是一样的。好像是有什么大集会，候客未来的光景。

我不敢久驻，轻轻地走过去。廊边一扇绿门，徐徐推开，又换了一番景致，长廊上的事，一概忘了。

门内是一间书室，尽是藤榻竹椅，地上铺着花席。一个女子，近窗写着字，我仿佛认得是在夏令会里相遇的谁家姊妹之一。

我们都没有说什么，我也未曾向她谢擅入的罪，似乎我们又是约下的。这时门外走进她的妹妹来，笑着便带我出去。

走过很长的甬道，两旁柱上挂着许多风景片，也都用竹框嵌着，道旁遮满了马缨花。

出了一个圆门——便是梦中意识的焦点，使我醒后能带挈着以上的景致，都深忆不忘的——到了门外，只见一望无边蔚蓝欲化的水。

这一片水：不是湖也不是海，比湖蔚蓝，比海平静，光艳得不可描画。……不可描画！生平醒时和梦中所见的水，要以此为第一了！

一道柳堤将这水界开了，绿意直伸到水中去。堤上缓步行来。梦中只觉飘然、悠然，而又怃然！

走尽了长堤，到了青翠的小山边，一处层阶之下，听得堂上有人讲书。她家的姊姊忽然又在旁边，问我："你上去不？"我谢她说，"不去吧，还是到水边好。"

一转身又只剩我自己了，这回却沿着水岸走。风吹着柳叶。附满了绿苔的石头，错杂地在细流里立着。水光浸透了我沉醉的灵魂……

帘子一声响，梦惊碎了！水光在我眼前漾了几漾，便一时散开了，荡化了！

张递过一封信，匆匆地便又出去。

我要留梦，梦已去无痕迹……蒙眬里拿起信来一看，却是琳在西湖寄我的一张明片。晚上我便寄她几行字：

姊姊！

清福便独享了吧，

何须寄我些春泛的新诗？

心灵里已是烦忙，

又添了未曾相识的湖山，

频来入梦！

——《春水》一五七

## 十八

我最怕夏天白日睡眠，醒时使人惆怅而烦闷。

无聊地洗了手脸，天色已黄昏了，到门外园院小立，抬头望见了一天金黄色的云彩。——世间只有云霞最难用文字描写，心里融会得到，笔下却写不出。因为文字原是最着迹的，云霞却是最灵幻的、最不着迹的，徒唤奈何！

回身进到院里，隔窗唤涵递出一本书来，又到门外去读。云彩又变了，半圆的月，渐渐地没入云里去了。低头看了一会子的书。听得笑声，从圆形的缘满豆叶的棚下望过去，杰和文正并坐在秋千上；往返地荡摇着，好像一幅活动的影片，——光也从圆片上出现了，在后面替他们推送着。光夏天瘦了许多，但短发拂额，仍掩不了她的憨态。

我想随处可写，随时可写，时间和空间里开满了空灵清艳的花，以供慧心人的采撷，可惜慧心人写不出！

天色更暗了，书上的字已经看不见。云色又变了，从金黄色到暗灰色。轻风吹着纱衫，已是太凉了，月儿又不知哪里去了。

一九二二年七月五日

# 到青龙桥去

如火如荼的国庆日，却远远地避开北京城，到青龙桥去。

车慢慢地开动了，只是无际的苍黄色的平野，和连接不断的天末的远山。——愈往北走，山愈深了。壁立的岩石，屏风般从车前飞过。不时有很浅的浓绿色的山泉，在岩下流着。

山半柿树的叶子，经了秋风，已经零落了，只剩有几个青色半熟的柿子挂在上面。山上的枯草，迎着晨风，一片地和山偃动，如同一领极大的毛毡一般。

“原也是很伟秀的，然而江南……”我无聊地倚着空冷的铁炉站着。

她们都聚在窗口谈笑，我眼光穿过她们的肩上，凝望着那边角里坐着的几个军人。

“军人！”也许潜藏在我的天性中吧，我在人群中常常不自觉地注意军人。

世人呵！饶恕我！我的阅历太浅薄了，真是太浅薄了！我的阅历这样地告诉我，我也只能这样忠诚而勇敢地告诉世人，说："我有生以来，未曾看见过像我在书报上所看的，那种兽性的、沉沦的、罪恶的军人！"

也许阅历欺哄我，但弱小的我，却不敢欺哄世人！

一个朋友和我说，——那时我们正在院里，远远地看我们军人的同学盘杠子——"我每逢看见灰黄色的衣服的人，我就起一种憎嫌和恐怖的战栗。"我看着她郑重地说："我从来不这样想，我看见他们，永远起一种庄肃的思想！"她笑道："你未曾经过兵祸吧！"我说："你呢？"她道："我也没有，不过我常常从书报上，看见关于恶虐的兵士们的故事……"

我深深地悲哀了！在我心中，数年来潜在的隐伏着不能言说的怜悯和抑屈！文学家呵！怎么呈现在你们笔底的佩刀荷枪的人，竟尽是这样的疯狂而残忍？平民的血泪流出来了，军人的血泪，却洒向何处？

笔尖下抹杀了所有的军人，将混沌的，一团黑暗暴虐的群众，铭刻在人们心里。从此严肃的军衣，成了赤血的标帜；忠诚的兵士，成了撒旦的随从。可怜的军人，从此在人们心天中，没有光明之日了！

虽然阅历决然毅然地这般告诉我，我也不敢不信，一般文学家所写的是真确的。军人的群众也和别的群众一般，有好人也更有坏人。然而造成人们对于全体的灰色黄色衣服的人，那样无缘故无条件，概括地厌恶，文学家，无论如何，你们不得辞其咎！

也讲一讲人道吧！将这些勇健的血性的青年，从教育的田地上夺出来，关闭在黑暗恶虐的势力范围里，叫他们不住地吸收冷酷残忍的习惯，消灭他友爱怜悯的本能。有事的时候，驱他们到残杀同类的死地上去；无事的时候，叫他穿着破烂的军衣，吃的是黑面，喝的是冷水，三更半夜地起来守更走队，在悲笳声中度生活。家里的信来了："我们要吃饭！"

回信说："没有钱，我们欠饷七个月了！——"可怜的中华民国的青年男子呵！山穷水尽的途上，哪里是你们的歧路？……

我的思潮，那时无限制地升起。无数的观念奔凑，然而时间只不过一瞬。

车门开了，走进三个穿军服的人。第一个，头上是粉红色的帽箍，穿着深黄色的呢外套，身材很高，后面两个略矮一些，只穿着平常的黄色军服，鱼贯地从人丛中，经过我们面前，便一直走向那几个兵丁坐的地方去。

她们略不注意地仍旧看着窗外，或相对谈笑。我却静默地，眼光凝滞地随着他们。

那边一个兵丁站起来了。两块红色的领章，围住瘦长的脖子，显得他的脸更黑了。脸上微微地有点麻子，中人身材，他站起来，只到那稽查的肩际。

粉红色帽箍的那个稽查，这时正侧面对着我们。我看得真切：圆圆的脸，短短的眉毛，肩膊很宽，细细的一条皮带，束在腰上，两手背握着。白绒的手套已经微污了，臂上缠的一块白布，也成了灰色的了，上面写着“察哈尔总站，军警稽查……”以下的字，背着我们看不见了。

他沉声静气地问：“你是哪里的，要往哪里去？”那个兵丁笔直地站着，听问便连忙解开外面军衣的纽扣，从里衣袋里，掏出一张名片和护照来，无言地递上。——也许曾说了几句话，但声音很低，我听不见。稽查凝视着他，说：“好，但是我们公事公办，就是大总统的片子，也当不了车票呵！而且这护照也只能坐慢车。弟兄！到站等着去吧，只差一点钟工夫！”

军人们！饶恕我那时不道德的揣想。我想那兵丁一定大怒了！我恐怕有个很大的争闹，不觉地退后了，更靠近窗户，好像要躲开流血的事情似的。

稽查将片子放在自己的袋里——那个兵丁低头地站着，微麻的脸上，充满了彷徨、无主、可怜。侧面只看见他很长的睫毛，不住地上下瞬动。

火车仍旧风驰电掣地走着。他至终无言地坐下，呆呆地望着窗外。背后看去，只有那戴着军帽，剪得很短头发的头，和我们在同一的速率中，左右微微动摇。

我深深吸了一口气，放下心来，却立时起了一种极异样的感觉！

到了站了！他无力地站起，提着包儿，往外就走。对面来了一个女人，他侧身恭敬地让过。经过稽查面前，点点头就下车去了。

稽查正和另一个兵丁问答。这个兵丁较老一点，很瘦的脸，眉目间处处显出困倦无力。这时却也很直地站着，声音很颤动，说："我是在……陈副官公馆里，他差我到……去。"

一面也郑重地呈上一张片子。稽查的脸仍旧紧张着，除了眼光上下之外，不见有丝毫情感的表现，他仍旧凝重地说："我知道现在军事是很忙的，我不是不替弟兄们留一线之路。但是一张片子，公事上说不过去。陈副官既是军事机关上的人，他更不能不知道火车上的规矩——你也下去吧！"

老兵丁无言地也下车去了。

稽查转过身来，那边两个很年轻的兵丁，连忙站起，先说："我们到西苑去。"稽查看了护照，笑了笑说："好，你们也坐慢车吧！看你们的服章，军界里可有你们这样不整齐的？国家的体面，哪里去了？车上这许多外国人，你们也不怕他们笑话！"随在稽查后面的两个军人，微笑地上前，将他们带着线头，拖在肩上的两块领章扶起。那两个少年兵丁，惭愧地低头无语。

稽查开了门，带着两个助手，到前面车上去了。

车门很响地关了，我如梦方醒，周身起了一种细微的战栗。——不是憎嫌，不是恐怖，定神回想，呀！竟是最深的惭愧与赞美！

一共是七个人：这般凝重，这般温柔，这样地服从无抵抗！我不信这些情景，只呈露在我的前面……

登上万里长城了！乱山中的城头上，暗淡飘忽的日光下，迎风独立。四周充满了寂寞与荒凉。除了浅黄色一串的骆驼，从深黄色的山脚下，徐徐走过之外，一切都是单调的！看她们头上白色的丝巾，三三两两的，在城上更远更高处拂拂吹动。我自己留在城半。在我理想中易起感慨的，数千年前伟大建筑物的长城上，呆呆地站着，竟一毫感慨都没有起！

只那几个军人严肃而温柔的神情，平和而庄重的言语，和他们所不自知的，在人们心中无明不白的厌恶：这些事，都重重地压在我弱小的灵魂上——受着天风，我竟不知道世界上还有个我没有！

一九二二年十月十二日夜

# 山中杂记

## ——遥寄小朋友

大夫说是养病，我自己说是休息，只觉得在拘管而又浪漫的禁令下，过了半年多。这半年中有许多在童心中可惊可笑的事，不足为大人道。只盼他们看到这几篇的时候，唇角下垂，鄙夷地一笑，随手地扔下。而有两三个孩子，拾起这一张纸，渐渐地感起兴味，看完又彼此嬉笑、讲说、传递；我就已经有说不出的喜欢！本来我这两天有无限的无聊。天下许多事都没有道理，比如今天早起那样的烈日，我出去散步的时候，热得头昏。此时近午，却又阴云密布，大风狂起。廊上独坐，除了胡写，还有什么事可做呢？

一九二四年六月二十三日，沙穰

### （一） 我怯弱的心灵

我小的时候，也和别的孩子一样，非常的胆小。大人们又爱逗我，我的小舅舅说什么《聊斋》，什么《夜谈随录》，都是些僵尸、白面的女鬼等等。在他还说着的时候，我就不自然地惴惴地四顾，塞坐在大人中间，故意地咳嗽。睡觉的时候，看着帐门外，似乎出其不意地也许伸进一只鬼手来。我只这样想着，便用被将自己的头蒙得严严的，结果是睡得周身是汗！

十三四岁以后，什么都不怕了。在山上独自中夜走过丛冢，风吹草动，我只回头凝视。满立着狰狞的神像的大殿，也敢在阴暗中小立。母亲屡屡说我胆大，因为她像我这般年纪的时候，还是怯弱得很。

我白日里的心，总是很宁静、很坚强，不怕那些看不见的鬼怪。只是近来常常在梦中，或是在将醒未醒之顷，一阵悚然，从前所怕的牛头马面，都积压了来，都聚围了来。我呼唤不出，只觉得怕得很，手足都麻木，灵魂似乎蜷曲着。挣扎到醒来，只见满山的青松，一天的明月。哂然自笑，——这样怯弱的梦，十年来已绝不做了，做这梦时，又有些悲哀！童年的事都是有趣的，怯弱的心情，有时也极其可爱。

## （二）埋存与发掘

山中的生活，是没有人理的。只要不误了三餐和试验体温的时间，你爱做什么就做什么，医生和看护都不来拘管你。正是童心乘时再现的时候，从前的爱好，都拿来重温一遍。

美国不是我的国，沙穰不是我的家。偶以病因缘，在这里游戏半年，离此后也许此生不再来。不留些纪念，觉得有点过意不去，于是我几乎每日做埋存与发掘的事。

我小的时候，最爱做这些事：墨鱼脊骨雕成的小船，五色纸粘成的小人等等，无论什么东西，玩够了就埋起来。树叶上写上字，掩在土里。石头上刻上字，投在水里。想起来时就去发掘看看，想不起来，也就让它悄悄地永久埋存在那里。

病中不必装大人，自然不妨重做小孩子！游山多半是独行，于是随时随地留下许多纪念，明片、西湖风景画、用过的纱巾等等，几乎满山中星罗棋布。经过芍药花下、流泉边、山亭里，都使我微笑，这其中都有我的手泽！兴之所至，又往往去掘开看看。

有时也遇见人，我便挓挲着泥污的手，不好意思地站了起来。本来这些事很难解说。人家问时，说又不好，不说又不好，迫不得已只有一笑。因此女伴们更喜欢追问，我只有躲着她们。

那一次一位旧朋友来，她笑说我近来更孩子气，更爱脸红了。童心的再现，有时使我不好意思是真的，半年的休养，自然血气旺盛，脸红那有什么爱不爱的可言呢?

## （三）古国的音乐

去冬多有风雪。风雪的时候，便都坐在广厅里，大家随便谈笑，开话匣子、弹琴、编绒织物等等，只是消磨时间。

荣是希腊的女孩子，年纪比我小一点，我们常在一处玩。她以古国国民自居，拉我做伴，常常和美国的女孩子嬉笑口角。

我不会弹琴，她不会唱，但闷来无事，也就走到琴边胡闹。翻来覆去的只是那几个简单的熟调子。于是大家都笑道：“趁早停了吧，这是什么音乐？”她傲然地叉手站在琴旁说：“你们懂得什么？这是东西两古国合奏的古乐，你们哪里配领略！”琴声仍旧不断，歌声愈高，别人的对话，都不相闻。于是大家急了，将她的口掩住，推到屋角去，从后面连椅子连我，一齐拉开，屋里已笑成一团！

最妙的是连《印第阿那的月》等的美国调子，一经我们用过，以后无论何时，一听得琴声起，大家都互相点头笑说：“听古国的音乐呵！”

## （四）雨雪时候的星辰

寒暑表降到冰点下十八度的时候，我们也是在廊下睡觉。每夜最熟识的就是天上的星辰了。也不过只是点点闪烁的光明，而相看惯了，偶然不见，也有些想望与无聊。

连夜雨雪，一点星光都看不见。荷和我拥衾对坐，在廊子的两角，遥遥谈话。

荷指着说：“你看维纳司（Venus）升起了！”我抬头望时，却是山路转折处的路灯。我怡然一笑，也指着对山的一星灯火说：“那边是周彼得（Jupiter）呢！”

愈指愈多，松林中射来零乱的风灯，都成了满天星宿。真的，雪花隙里，看不出天空和山林的界限，将繁灯当作繁星，简直是抵得过。

一念至诚地将假作真，灯光似乎都从地上飘起。这幻成的星光，都不移动，不必半夜梦醒时，再去追寻它们的位置。

于是雨雪寂寞之夜，也有了慰安了！

## （五）她得了刑罚了

休息的时间，是万事不许做的。每天午后的这两点钟，乏倦时觉得需要，睡不着的时候，觉得白天强卧在床上，真是无聊。

我常常偷着带书在床上看，等到看护妇来巡视的时候，就赶紧将书压在枕头底下，闭目装睡。——我无论如何淘气，也不敢大犯规矩，只到看书为止。而璧这个女孩子，往往悄悄地起来，抱膝坐在床上，逗引着别人谈笑。

这一天她又坐起来，看看无人，便指手画脚地学起医生来。大家正卧着看着她笑，看护妇已远远地来了。她的床正对着甬道，卧下已来不及，只得仍旧皱眉地坐着。

看护妇走到廊上。我们都默然，不敢言语。她问璧说："你怎么不躺下？"璧笑说："我胃不好，不住地打嗝，躺下就难受。"看护妇道："你今天饭吃得怎样？"璧惴惴地忍笑地说："还好！"看护妇沉吟了一会儿便走出去。璧回首看着我们，抱头笑说："你们等着，这一下子我完了！"

果然看见看护妇端着一杯药进来，杯中泡泡作声。璧只得接过，皱眉四顾。我们都用毡子藏着脸，暗暗地笑得喘不过气来。

看护妇看着她一口气喝完了，才又慢慢地出去。璧颓然地两手捧着胸口卧了下去，似哭似笑地说：“天呵！好酸！”

她以后不再胡说了，无病吃药是怎样难堪的事。大家谈起，都快意，拍手笑说：“她得了刑罚了！”

## （六）Eskimo

沙穰的小朋友替我上的Eskimo的徽号，是我所喜爱的，觉得比以前的别的称呼都有趣。

Eskimo是北美森林中的蛮族。黑发披裘，以雪为屋。过的是冰天雪地的渔猎生涯。我哪能像他们那样的勇敢?

只因去冬风雪无阻地在林中游戏行走。林下冰湖正是沙穰村中小朋友的溜冰处。我经过，虽然我们屡次相逢，却没有说话。我只觉得他们往往停了游走，注视着我，互相耳语。

以后医生的甥女告诉我，沙穰的孩子传说林中来了一个Eskimo。问他们是怎样说法，他们以黑发披裘为证。医生告诉他们说不是Eskimo，是院中一个养病的人，他们才不再惊说了。

假如我是真的Eskimo呢，我的思想至少要简单了好些，这是第一件可羡的事。曾看过一本书上说：“近代人五分钟的思想，够原始人或野蛮人想一年的。”人类在生理上，五十万年来没有进步，而劳心劳力的事，一年一年地增加，这是疾病的源泉，人生的不幸！

我愿终身在森林之中，我足踏枯枝，我静听树叶微语。清风从林外吹来，带着松枝的香气。白茫茫的雪中，除我外没有行人。我所见所闻，不出青松白雪之外，我就似可满意了！

出院之期不远，女伴戏对我说："出去到了车水马龙的波士顿街上，千万不要惊倒，这半年的闭居，足可使你成个痴子！"

不必说，我已自惊悚，一回到健康道上，世事已接踵而来……我倒愿做Eskimo呢。黑发披裘，只是外面的事！

## （七）说几句爱海的孩气的话

白发的老医生对我说："可喜你已大好了，城市与你不宜，今夏海滨之行，也是取消了为妙。"

这句话如同平地起了一个焦雷！

学问未必都在书本上。纽约、康桥、芝加哥这些人烟稠密的地方，终身不去也没有什么，只是说不许我到海边去，这却太使我伤心了。

我抬头张目地说："不，你没有阻止我到海边去的意思！"

他笑道："是的，我不愿意你到海边去，太潮湿了，于你新愈的身体没有好处。"

我们争执了半点钟，至终他说："那么你去一个礼拜吧！"他又笑说："其实秋后的湖上，也够你玩的了！"

我爱慰冰，无非也是海的关系。若完全地叫湖光代替了海色，我似乎不大甘心。

可怜，沙穰的六个多月，除了小小的流泉外，连慰冰都看不见！山也是可爱的，但和海比，的确比不起，我有我的理由！

人常常说："海阔天空。"只有在海上的时候，才觉得天空阔远到了尽量处。在山上的时候，走到岩壁中间，有时只见一线天光。即或是到了山顶，而因着天末是山，天与地的界线便起伏不平，不如水平线的齐整。

海是蓝色、灰色的。山是黄色、绿色的。拿颜色来比，山也比海不过，蓝色、灰色含着庄严淡远的意味，黄色、绿色却未免浅显小方一些。固然我们常以黄色为至尊，皇帝的龙袍是黄色的，但皇帝称为"天子"，天比皇帝还尊贵，而天却是蓝色的。

海是动的，山是静的；海是活泼的，山是呆板的。昼长人静的时候，天气又热，凝神望着青山，一片黑郁郁的连绵不动，如同病牛一般。而海呢，你看她没有一刻静止！从天边微波粼粼地直卷到岸边，触着崖石，更欣然地溅跃了起来，开了灿然万朵的银花！

四围是大海，与四围是乱山，两者相较，是如何滋味，看古诗便可知道。比如说海上、山上看月出，古诗说："南山塞天地，日月石上生。"细细咀嚼，这两句形容乱山，形容得极好，而光景何等臃肿、崎岖、僵冷，读了不使人生快感。而"海上生明月，天涯共此时"，也是月出，光景却何等妩媚、遥远、璀璨！

原也是的，海上没有红、白、紫、黄的野花，没有蓝雀、红襟等美丽的小鸟。然而野花到秋冬之间，便都萎谢，反予人以凋落的凄凉。海上的朝霞、晚霞，天上水里反映到不止红、白、紫、黄这几个颜色。这一片花，却是四时不断的。说到飞鸟，蓝雀、红襟自然也可爱，而海上的沙鸥，白胸翠羽，轻盈地漂浮在浪花之上，“凌波微步，罗袜生尘”。看见蓝雀、红襟，只使我联忆到“山禽自唤名”，而见海鸥，却使我联忆到千古颂赞美人，颂赞到绝顶的句子，是“宛若游龙，翩若惊鸿”！

在海上又使人有透视的能力，这句话天然是真的！你倚栏俯视，你不由自主地要想起这万顷碧琉璃之下，有什么明珠，什么珊瑚，什么龙女，什么鲛纱。在山上呢，很少使人想到山石黄泉以下，有什么金银铜铁。因为海水透明，天然的有引人们思想往深里去的趋向。

简直越说越没有完了，总而言之，统而言之，我以为海比山强得多。说句极端的话，假如我犯了天条，赐我自杀，我也愿投海，不愿坠崖！

争论真有意思！我对于山和海的品评，小朋友们愈和我辩驳愈好。“人心之不同，各如其面”，这样世界上才有个不同和变换。假如世界上的人都是一样的脸，我必不愿见人；假如天下人都是一样的嗜好，穿衣服的颜色、式样都是一般的，则世界成了一个大学校，男女老幼都穿一样的制服。想至此不但好笑，而且无味！再一说，如大家都爱海呢，大家都搬到海上去，我又不得清静了！

## （八）他们说我幸运

山做了围墙，草场成了庭院，这一带山林是我游戏的地方。早晨朝露还颗颗闪烁的时候，我就出去奔走，鞋袜往往都被露水淋湿了。黄昏睡起，短裙卷袖，微风吹衣，晚霞中我又游云似的在山路上徘徊。

固然的，如词中所说："落日解鞍芳草岸，花无人戴，酒无人劝，醉也无人管！"不是什么好滋味；而"无人管"的情景，有时却真难得。你要以山中踯躅的态度，移在别处，可就不行。在学校中，在城市里，是不容你有行云流水的神意的。只因管你的人太多了！

我们楼后的儿童院，那天早晨我去参观了。正值院里的小朋友们在上课，有的在默写生字，有的在做算学。大家都有点事牵住精神，而忙中偷闲，还暗地传递小纸条，偷说偷玩，小手小脚，没有安静的时候。这些孩子我都认得，只因他们在上课，我只在后面悄悄地坐着，不敢和他们谈话。

不见黑板六个月了，这倒不觉得怎样。只是看见教员桌上那个又大又圆的地球仪，满屋里矮小的桌子椅子，字迹很大的卷角的书：倏时将我唤回到十五年前去。而黑板上写着的

| | | | |
|---|---|---|---|
| 35 | 21 | 18 | 64 |
| −15 | +10 | −19 | ×69 |

方程式，以及站在黑板前扶头思索，将粉笔在手掌上乱画的小朋友，我看着更觉得有一种说不出的怅惘。窗外日影徐移，虽不是我在上课，而我呆呆地看着壁上的大钟，竟有急盼放学的意思！

放学了，我正和教员谈话，小朋友们围拢来将我拉开了。保罗笑问我说："你们那楼里也有功课吗？"我说："没有，我们天天只是玩！"彼得笑叹道："你真是幸运！"

他们也是休养着，却每天仍有四点钟的功课。我出游的工夫，只在一定的时间里，才能见着他们。

唤起我十五年前的事，惭愧"三七二十一，四七二十八"的背乘数表等等，我已算熬过去，打过这一关来了！而回想半年前，厚而大的笔记本，满屋满架的参考书，教授们流水般的口讲……如今病好了，这生活还必须去过，又是怃然。

这生活还必须去过。不但人管，我也自管。"哀莫大于心死"，被人管的时候，传递小纸条、偷说偷玩等事，还有工夫做。而自管的时候，这种动机竟决然没有。十几年的训练，使人绝对地被书本征服了！

小朋友，"幸运"这两字又岂易言？

## （九）机器与人类幸福

小朋友一定知道机器的用处和好处，就是省人力，能在很短的时间内做很重大的工作。

在山中闲居，没有看见别的机器的机会，而山右附近的农园中的机器，已足使我赞叹。

他们用机器耕地，用机器撒种，以至于刈割等等，都是机器一手经理。那天我特地走到山前去，望见农人坐在汽机上，开足机力，在田地上突突爬走。很坚实的土地，汽机过处，都水浪似的，分开两边，不到半点钟工夫，很宽阔一片地，都已耕松了。

农人从衣袋里掏出表来一看，便缓缓地捩转汽机，回到园里去。我也自转身。不知为何，竟然微笑。农人运用大机器，而小机器的表，又指挥了农人。我觉得很滑稽！

我小的时候，家园墙外，一望都是麦地。耕种收割的事，是最熟见不过的了。农夫农妇，汗流浃背地蹲在田里，一锄一锄地掘，一镰刀一镰刀地割。我在旁边看着，往往替他们吃力，又觉得迟缓得可怜！

两下里比起来，我确信机器是增进人类幸福的工具。但昨天我对于此事又有点怀疑。

昨天一下午，楼上楼下几十个病人都没有睡好！休息的时间内，山前耕地的汽机，轧轧的声满天地。酷暑的檐下，蒸炉一般热的床上，听着这单调而枯燥，震耳欲聋的铁器声，连续不断，脑筋完全跟着它颠簸了。焦躁加上震动，真使人有疯狂的倾向！

楼上下一片喃喃怨望声，却无法使这机器止住。结果我自己头痛欲裂。楼下那几个日夜发烧到一百〇三、一百〇四度的女孩子，我真替她们可怜，更不知她们烦恼到什么地步！农人所节省的一天半天的工夫和这几十个病人，这半日精神上所受的痛苦和损失，比较起来，相差远了！机器又似乎未必能增益人类的幸福。

想起幼年我的书斋只和麦地隔一道墙。假如那时的农人也用机器，简直我的书不用念了！

这声音直到黄昏才止息。我因头痛，要出去走走，顺便也去看看那害我半日不得休息的汽机。——走到田边，看见三四个农人正站着踌躇，手臂都叉在腰上，摇头叹息。原来机器坏了。这座东西笨重得很，十个人也休想搬得动，只得明天再开一座汽机来拉它。

我一笑就回来了——

## （十）鸟兽不可与同群

女伴都笑茀玲是个傻子。而她并没有傻子的头脑，她的话有的我很喜欢。她说："和人谈话真拘束，不如同小鸟、小猫去谈。它们不扰乱你，而且温柔地静默地听你说。"

我常常看见她坐在樱花下，对着小鸟，自说自笑。有时坐在廊上，抚着小猫，半天不动。这种行径，我并不觉得讨厌，也许就是因此，女伴才赠她以傻子的徽号，也未可知。

和人谈话未必真拘束，但如同生人、大人先生等等，正襟危坐地谈起来，却真不能说是乐事。十年来正襟危坐谈话的时候，一天比一天的多。我虽也做惯了，但偶有机会，我仍想释放我自己。这半年我就也常常做傻子了！

第一乐事，就是拔草喂马。看着这庞然大物，温驯地磨动它的松软的大口和齐整的大牙，在你手中吃嚼青草的时候，你觉得它有说不尽的妩媚。

每日山后牛棚，拉着满车的牛乳罐的那匹斑白大马，我每日喂它。乳车停住了，驾车人往厨房里搬运牛乳，我便慢慢地过去。在我跪伏在樱花底下，拔那十样锦的叶子的时候，它便倒转那狭长而良善的脸来看我，表示它的欢迎与等待。我们渐渐熟识了，远远地看见我，它便抬起头来。我相信我离开之后，它虽不会说话，它必每日地怀念我。

还有就是小狗了。那只棕色的，在和我生分的时候，曾经吓过我。那一天雪中游山，出其不意在山顶遇见它，它追着我狂吠不止，我吓得走不动。它看我吓怔了，才住了吠，得了胜利似的，垂尾下山而去。我看它走了，一口气跑了回来。一夜没有睡好，心脉每分钟跳到一百十五下。

女伴告诉我，它是最可爱的狗，从来不咬人的。以后再遇见它，我先呼唤它的名字，它竟摇尾走了过来。自后每次我游山，它总是前前后后地跟着走。山林中雪深的时候，光景很冷静。它总算助了我不少的胆子。

此外还有一只小黑狗，尤其跳荡可爱。一只小白狗，也很驯良。

我从来不十分爱猫。因为小猫很带狡猾的样子，又喜欢抓人。医院中有一只小黑猫，在我进院的第二天早起刚开了门，它已从门隙塞进来，一跃到我床上，悄悄地便伏在我的怀前，眼睛慢慢地闭上，很安稳地便要睡着。我最怕小猫睡时呼吸的声音！我想推它，又怕它抓我。那几天我心里又难过，因此愈加焦躁。幸而看护妇不久便进来！我皱眉叫她抱出这小猫去。

以后我渐渐地也爱它了。它并不抓人。当它仰卧在草地上，用前面两只小爪，拨弄着玫瑰花叶，自惊自跳的时候，我觉得它充满了活泼和欢悦。

小鸟是怎样的玲珑娇小呵！在北京城里，看见老鸦和麻雀。有时也看见啄木鸟。在此却是雪未化尽，鸟儿已成群地来了。最先的便是青鸟。西方人以青鸟为快乐的象征，我看最恰当不过。因为青鸟的鸣声中，婉转地报着春的消息。

知更雀的红胸，在雪地上、草地上站着，都极其鲜明。小蜂雀更小到无可苗条，从花梢飞过的时候，竟要比花还小。我在山亭中有时抬头瞥见，只屏息静立，连眼珠都不敢动，我似乎恐怕将这弱不禁风的小仙子惊走了。

此外还有许多毛羽鲜丽的小鸟，我因找不出它们的中国名字，只得阙疑。早起朝日未出，已满山满谷地起了轻美的歌声。在朦胧的晓风之中，欹枕倾听，使人心魂俱静。春是鸟的世界，“以鸟鸣春”和“春眠不觉晓，处处闻啼鸟”，这两句话，我如今彻底地领略过了！

我们幕天席地的生涯之中和小鸟最相亲爱。玫瑰和丁香丛中更有青鸟和知更雀的巢，那巢都是筑得极低，一伸手便可触到。我常常去探望小鸟的家庭，而我却从不做偷卵捉雏等等破坏它们家庭幸福的事。我想到我自己不过是暂时离家，我的母亲和父亲已这样的牵挂。假如我被人捉去，关在笼里，永远不得回来呢，我的父亲母亲岂不心碎？我爱自己，也爱雏鸟，我爱我的双亲，我也爱雏鸟的双亲！

而且是怎样有趣的事，你看小鸟破壳出来，很黄的小口，毛羽也很稀疏，觉得很丑。它们又极其贪吃，终日张口在巢里啾啾地叫！累得它们的母亲飞去飞回地忙碌。渐渐地长大了，它母亲领它们飞到地上。它们的毛羽很蓬松，两只小腿蹒跚地走，看去比它们的母亲还肥大。它们很傻的样子，茫然地跟着母亲乱跳。母亲偶然啄得了一条小虫，它们便纷然地过去，啾啾地争着吃。早起母亲教给它们歌唱，母亲的声音极婉转，它们的声音，却很憨涩。这几天来，它们已完全地会飞了、会唱了，也知道自己觅食，不再累它们的母亲了。前天我去探望它们时，这些雏鸟已不在巢里，它们已筑起新的巢了，在离它们的父母的巢不远的枝上，它们常常来看它们的父母的。

还有虫儿也是可爱的。藕荷色的小蝴蝶、背着圆壳的蜗牛、嗡嗡的蜜蜂，甚至于水里每夜乱唱的青蛙、在花丛中闪烁的萤虫，都是极温柔，极其孩子气的。你若爱它，它也爱你们。因为它们太喜爱小孩子。大人们太忙，没有工夫和它们玩。

# 往事（二）（节选）

## 三

今夜林中月下的青山，无可比拟！仿佛万一，只能说是似娟娟的静女，虽是照人的明艳，却不飞扬妖冶；是低眉垂袖，璎珞矜严。

流动的光辉之中，一切都失了正色：松林是一片浓黑的，天空是莹白的，无边的雪地，竟是浅蓝色的了。这三色衬成的宇宙，充满了凝静、超逸与庄严；中间流溢着满空幽哀的神意，一切言词文字都丧失了，几乎不容凝视，不容把握！

今夜的林中，决不宜于将军夜猎——那从骑杂沓，传叫风生，会踏毁了这平整匀纤的雪地；朵朵的火燎和生寒的铁甲，会缭乱了静冷的月光。

今夜的林中，也不宜于燃枝野餐——火光中的喧哗欢笑，杯盘狼藉，会惊起树上稳栖的禽鸟；踏月归去，数里相和的歌声，会叫破了这如怨如慕的诗的世界。

今夜的林中，也不宜于爱友话别，叮咛细语——凄意已足，语音已微；而抑郁缠绵，作茧自缚的情绪，总是太“人间的”了，对不上这晶莹的雪月，空阔的山林。

今夜的林中，也不宜于高士徘徊，美人掩映——纵使林中月下，有佳句可寻，有佳音可赏，而一片光雾凄迷之中，只容意念回旋，不容人物点缀。

我倚枕百般回肠凝想，忽然一念回转，黯然神伤……

今夜的青山只宜于这些女孩子，这些病中倚枕看月的女孩子！

假如我能飞身月中下视，依山上下曲折的长廊，雪色侵围栏外，月光浸着雪净的衾裯，逼着玲珑的眉宇。这一带长廊之中：万籁俱绝，万缘俱断，有如水的客愁，有如丝的乡梦，有幽感，有彻悟，有祈祷，有忏悔，有万千种话……

山中的千百日，山光松影重叠到千百回，世事从头减去，感悟逐渐侵来，已滤就了水晶般清澈的襟怀。这时纵是顽石钝根，也要思量万事，何况这些思深善怀的女子？

往者如观流水——月下的乡魂旅思，或在罗马故宫，颓垣废柱之旁；或在万里长城，缺堞断阶之上；或在约旦河边，或在麦加城里；或超渡莱茵河，或飞越落基山；有多少魂销目断，是耶非耶？只她知道！

来者如仰高山——久久地徘徊在困弱道途之上，也许明日，也许今年，就揭卸病的细网，轻轻地试叩死的铁门！

天国泥犁，任她幻拟：是泛入七宝莲池？是参谒白玉帝座？是欢悦？是惊怯？有天上的重逢，有人间的留恋，有未成而可成的事功，有将实而仍虚的愿望；岂但为我？牵及众生，大哉生命！

这一切，融合着无限之生一刹那顷，此时此地的，宇宙中流动的光辉，是幽忧，是彻悟，都已宛宛氤氲，超凡入圣——

万能的上帝，我诚何福？我又何辜？……

一九二四年二月三十日夜，沙穰

## 七

我当然喜爱花草！

在国内时，我的屋里虽然不断地供养着香花，而剪叶添水的事，我却不常做。父亲或母亲走了进来，用手指按一按盆土，就啧啧地说：“我看花草供到你的屋里来，就是她们的末日到了！”

假如他二位老人家，说完这话就算了时，我自然不能再懒惰，至少也须敷衍敷衍；然而他们说完之后，提水瓶的提水瓶，拿剪刀的拿剪刀；若供的是水仙花，更是不但花根，连盆连石子都洗了。我乐得笑着站在一旁看。

我绝不是不爱花，也绝不是懒惰。一来我知道我收拾的万不及他们的齐整——我十分相信收拾花卉是一种艺术——二来我每每喜欢得个题目，引得父亲和母亲和我纠缠。但看去国后，我从未忘了替屋里的花添水！我案头的水仙花，在别人和我同时养起的，还未萌茁的时候，就已怒放。一剪一剪繁密的花朵，将花管带得沉沉下垂，我用细绳将她们轻轻地束起。

花未开尽，我已病到医院里去，自此便隔绝了！只在一个朋友的小启中，提了一句："你的花，我已替你浇水了。"以后再无人提，我也不好意思再问。但我在病榻上时时想起人去楼空，她自己在室中当然寂静。闭壁楼夜间整齐灿烂的光明中，缺了一点，便是我黑暗的窗户，暗室中再无人看她在光影下的丰神！

入山之后一日，开了朋友们替我收拾了送来的箱子，水仙花的绿盆赫然在内。我知道她在我卧病二十日之中，残落已尽。更无从"托微波以通词"，我怅然——良久！

第三天，得了一个匣子，剪开束绳，白纸外一张片子，写着：

无尽的爱，安娜。

纸内包卷着一束猩红的玫瑰。珍重地插在瓶内，黄昏时浓香袭人。

只过了一夜，我早起进来，看见花朵都低垂了，瓣儿憔悴得黑绒剪成的一般！才惊悟到这屋里太冷，后面瑛的小楼上是有暖炉的，她需要花的慰安，她也配受香花供养，我连忙托人带去赠了她。——听说一夜的工夫，花魂又回转了过来。

此后陆续又得了许多花，玫瑰也有，水仙也有，我都不忍留住。

送客走后，便自己捧到瑛的楼里。

想起圣卜生医院室中不断的繁花，我不胜神往。然而到了花我不能两全的时候，我宁可苦了自己。我寂寞清寒地过了六十天，不曾牺牲一个花朵！

二月十六日，又有友人赠我六朵石竹花，三朵红的，三朵白的，间以几枝凤尾草。那天稍暖，送花的友人又站在一旁看我安插，我不好意思就把花送走，插好便放在屋里的玻璃几上。

夜中见着瑛，我说："又有一瓶花送你了！"她笑着谢了我。

回来欹在枕上，等着出到了廊外之时，忽然看见了几上的几朵石竹花，那三朵白的，倒不觉得怎样，只那三朵红的，红得异样的可怜！

灿然的灯下，红绒般的瓣儿，重叠细碎的光艳照眼，加以花旁几枝凤尾草的细绿的叶围绕着，交辉中竟有媚人的意味。

这时不知是"花"可怜，还是"红"可怜，我心中所起的爱的感觉，很模糊而浓烈……

"我不想再做傻子！周围都是白的，周围都是冷的，看不见一点红艳与生意，这般地过了六十天，何自苦如此？"

我决定留下她！

第二天早起，瑛问我："花呢？"我笑而不答。

今日风雪。我拥毡坐在廊上，回头看见这几朵花，在门窗洞开的室中，玻璃几上，迎着朔风瑟瑟而动，我不语。

进去从书架上取下一本书来，又到廊上。翻开书页，觉得连纸张都是冰冻的。我抬起头来望着那几朵寒颤的花——我又不语。

晚上，这几朵已憔悴损伤，瓣边已焦黄了！悼惜已来不及，我已牺牲了她。

偶然拿起笔来，不知是吊慰她，还是为自己文过，写了几行：

…………

几曾愿挥麾开去？雪冷风寒——不忍挽柔弱的花枝，

来陪我禁受。顾惜了她们

逼得我忘怀自己。真是何苦来？

石竹花！无情的朋友，又打发了秾艳的你们

来依傍冷幽的我！

拼却瓶碎花凝，

也做一回残忍的事吧！山中两月，彻骨的清寒，不能再……

到此意尽，笔儿自然地放下，只扶头看着残花出神。

以后也曾重写了三五次，只是整凑不起来。花已死去，过也不必文，至今那张稿纸，还随便地夹在一本书里。

一九二四年二月二十日，沙穰

# 胰皂泡

小的时候，游戏的种类很多，其中我最爱玩的是吹胰皂[1]泡。

下雨的时节，不能到山上海边去玩，母亲总教给我们在廊子上吹胰皂泡。她说是阴雨时节天气潮湿，胰皂泡不容易破裂。

法子是将用剩的碎胰皂，放在一只小木碗里，加上点水，和弄和弄，使它融化，然后用一支竹笔套管，沾上那黏稠的胰皂水，慢慢地吹起，吹成一个轻圆的网球大小的泡儿，再轻轻地一提，那轻圆的球儿，便从管上落了下来，软悠悠地在空中飘游。若用扇子在下边轻轻地扇送，有时能飞得很高很高。

这胰皂泡，吹起来很美丽，五色的浮光，在那轻清透明的球面上乱转。若是扇得好，一个大球，会分裂成两三个玲珑娇软的小球，四散分飞。有时吹得太大了，扇得太急了，这脆弱的球，会扯成长圆的形式，颤巍巍的，光影零乱，这时大家都悬着心、仰着头、停着呼吸，——不久这光丽的薄球，就无声地散裂了，胰皂水落了下来，洒

① 胰皂：肥皂。

到眼睛里，使大家都忽然低了头，揉出了眼泪。

静夜里为何想到了胰皂泡？——因为我觉得这一个个轻清脆丽的球儿，像一串美丽的画梦！

像画梦，是我们自己小心地轻轻吹起的，吹了起来，又轻轻地飞起，是那么圆满，那么自由，那么透明，那么美丽。目送着她，心里充满了快乐、骄傲与希望，想到借着扇子的轻风，把她一个个送上天去送过海去。到天上，轻轻地挨着明月，渡过天河跟着夕阳西去。或者轻悠悠地飘过大海，飞越山巅，又低低地落下，落到一个美人的玉搔头边，落到一个浓睡中的婴儿的雏发上……

自然的，也像画梦，一个一个地吹起、飞高，又一个一个地破裂，廊子是我们现实的世界，这些要她上天过海的光球，永远没有出过我们仄长的廊子！廊外是雨丝风片，这些使我快乐、骄傲、希望的光球，都一个个地在雨丝风片中消失了。

生来是个痴孩子，我从小就喜欢做画梦，做惯了梦，常常从梦中得慰安、生希望，越做越觉得有道理，简直不知道自己是在做梦，最后简直把画梦当作最高的理想，受到许多朋友的劝告讥嘲。而在我的精神上的胰皂泡没有破灭，胰皂水没有洒到我的心眼里使我落泪之先，我常常顽强地拒绝了朋友的劝告，漠视了朋友的讥嘲。

自小起做的画梦，往少里说，也有十余个，这十几年来，渐渐地都快消灭完了。有几个大的光球，破灭的时候，都会重重地伤了我的心，破坏了我精神上的均衡，更不知牺牲了我多少的眼泪。

到现在仍有一两个光球存在着，软悠悠地挨着廊边飞。不过我似乎已超过了那悬心仰头的止境，只用镇静的冷眼，看她慢慢地往风雨中的消灭里走!

只因常做梦，我所了解的人，都是梦中人物，所知道的事，都是梦中的事情。梦儿破灭了当然有些悲哀，悲哀之余，又觉得这悲哀是冤枉的。若能早想起儿时吹胰皂泡的情景与事实，又能早觉悟到这美丽脆弱的光球，是和我的画梦一样的容易破灭，则我早就是个达观而快乐的人！虽然这种快乐不是我所想望的!

今天从窗户里看见孩子们奔走游戏，忽然想起这一件事，夜静无事姑记之于此，以志吾过，且警后人。

一九三六年三月二十二日，北平

# 小橘灯

这是十几年以前的事了。

在一个春节前一天的下午，我到重庆郊外去看一位朋友。她住在那个乡村的乡公所楼上。走上一段阴暗的仄仄的楼梯，进到一间有一张方桌和几张竹凳、墙上装着一架电话的屋子，再进去就是我的朋友的房间，和外间只隔一幅布帘。她不在家，窗前桌上留着一张条子，说是她临时有事出去，叫我等着她。

我在她桌前坐下，随手拿起一张报纸来看，忽然听见外屋板门吱的一声开了，过了一会，又听见有人在挪动那竹凳子。我掀开帘子，看见一个小姑娘，只有八九岁光景，瘦瘦的苍白的脸，冻得发紫的嘴唇，头发很短，穿一身很破旧的衣裤，光脚穿一双草鞋，正在登上竹凳想去摘墙上的听话器，看见我似乎吃了一惊，把手缩了回来。我问她："你要打电话吗？"她一面爬下竹凳，一面点头说："我要××医院，找胡大夫，我妈妈刚才吐了许多血！"我问："你知道××医院的电话号码吗？"她摇了摇头说："我正想问电话局……"我赶紧从机旁的电话本子里找到医院的号码，就又问她："找到了大夫，我请他到谁家去呢？"她说："你只要说王春林家里病了，她就会来的。"

我把电话打通了，她感激地谢了我，回头就走。我拉住她问："你的家远吗？"她指着窗外说："就在山窝那棵大黄果树下面，一下子就走到的。"说着就噔、噔、噔地下楼去了。

我又回到里屋去，把报纸前前后后都看完了，又拿起一本《唐诗三百首》来，看了一半，天色越发阴沉了，我的朋友还不回来。我无聊地站了起来，望着窗外浓雾里迷茫的山景，看到那棵黄果树下面的小屋，忽然想去探望那个小姑娘和她生病的妈妈。我下楼在门口买了几个大红橘子，塞在手提袋里，顺着歪斜不平的石板路，走到那小屋的门口。

我轻轻地叩着板门，刚才那个小姑娘出来开了门，抬头看了我，先愣了一下，后来就微笑了，招手叫我进去。这屋子很小很黑，靠墙的板铺上，她的妈妈闭着眼平躺着，大约是睡着了，被头上有斑斑的血痕，她的脸向里侧着，只看见她脸上的乱发和脑后的一个大髻。门边一个小炭炉，上面放着一个小砂锅，微微地冒着热气。这小姑娘把炉前的小凳子让我坐了，她自己就蹲在我旁边，不住地打量我。我轻轻地问："大夫来过了吗？"她说："来过了，给妈妈打了一针……她现在很好。"她又像安慰我似的说："你放心，大夫明早还要来的。"我问："她吃过东西吗？这锅里是什么？"她笑说："红薯稀饭——我们的年夜饭。”我想起了我带来的橘子，就拿出来放在床边的小矮桌上。她没有作声，只伸手拿过一个最大的橘子来，用小刀削去上面的一段皮，又用两只手把底下的一大半轻轻地揉捏着。

我低声问：“你家还有什么人？”她说：“现在没有什么人，我爸爸到外面去了……”她没有说下去，只慢慢地从橘皮里掏出一瓤一瓤的橘瓣来，放在她妈妈的枕头边。

炉火的微光，渐渐地暗了下去，外面变黑了。我站起来要走，她拉住我，一面极其敏捷地拿过穿着麻线的大针，把那小橘碗四周相对地穿起来，像一个小筐似的，用一根小竹棍挑着，又从窗台上拿了一段短短的蜡头，放在里面点起来，递给我说：“天黑了，路滑，这盏小橘灯照你上山吧！”

我赞赏地接过，谢了她，她送我出到门外，我不知道说什么好，她又像安慰我似的说：“不久，我爸爸一定会回来的。那时我妈妈就会好了。”她用小手在面前画一个圆圈，最后按到我的手上：“我们大家也都好了！”显然地，这“大家”也包括我在内。

我提着这灵巧的小橘灯，慢慢地在黑暗潮湿的山路上走着。这朦胧的橘红的光，实在照不了多远，但这小姑娘的镇定、勇敢、乐观的精神鼓舞了我，我似乎觉得眼前有无限光明！

我的朋友已经回来了，看见我提着小橘灯，便问我从哪里来。我说：“从……从王春林家来。”她惊异地说：“王春林，那个木匠，你怎么认得他？去年山下医学院里，有几个学生，被当作共产党抓走了，以后王春林也失踪了，据说他常替那些学生送信……”

当夜，我就离开那山村，再也没有听见那小姑娘和她母亲的消息。

但是从那时起，每逢春节，我就想起那盏小橘灯。十二年过去了，那小姑娘的爸爸一定早回来了。她妈妈也一定好了吧？因为我们“大家”都“好”了！

# 一日的春光

去年冬末，我给一位远方的朋友写信，曾说："我要尽量地吞咽今年北平的春天。"

今年北平的春天来得特别的晚，而且在还不知春在哪里的时候，抬头忽见黄尘中绿叶成荫，柳絮乱飞，才晓得在厚厚的尘沙黄幕之后，春还未曾露面，已悄悄地远引了。

天下事都是如此——

去年冬天是特别的冷，也显得特别的长。每天夜里，灯下孤坐，听着扑窗怒号的朔风，小楼震动，觉得身上心里，都没有一丝暖气，一冬来，一切的快乐、活泼、力量、生命，似乎都冻得蜷伏在每一个细胞的深处。我无聊地慰安自己说："等着吧，冬天来了，春天还能很远么？"

然而这狂风、大雪，冬天的行列，排得意外的长，似乎没有完尽的时候。有一天看见湖上冰软了，我的心顿然欢喜，说："春天来了！"当天夜里，北风又卷起漫天匝地的黄沙，愤怒地扑着我的窗户，把我心中的春意，又吹得四散。有一天看见柳梢嫩黄了，那天的下午，又不住地下着不成雪的冷雨，黄昏时节，严冬的衣服，又披上了身。有一天看见院里的桃花开了，这天刚刚过午，从东南的天边，顷刻布满了惨暗的黄云，跟着干枝风动，这刚放蕊的春英，又都埋罩在漠漠的黄尘里……

九十天看看过尽——我不信了春天！

几位朋友说："到大觉寺看杏花去吧。"虽然我的心中，始终未曾得到春的消息，却也跟着大家去了。到了管家岭，扑面的风尘里，几百棵杏树枝头，一望已尽是残花败蕊；转到大工，向阳的山谷之中，还有几株盛开的红杏，然而盛开中气力已尽，不是那满树浓红，花蕊相间的情态了。

我想："春去了就去了吧！"归途中心里倒也坦然，这坦然中是三分悼惜、七分憎嫌，总之，我不信了春天。

四月三十日的下午，有位朋友约我到挂甲屯吴家花园去看海棠，"且喜天气晴明"——现在回想起来，那天是九十春光中唯一的春天——海棠花又是我所深爱的，就欣然地答应了。

东坡恨海棠无香，我却以为若是香得不妙，宁可无香。我的院里栽了几棵丁香和珍珠梅，夏天还有玉簪，秋天还有菊花，栽后都很后悔。因为这些花香，都使我头痛，不能折来养在屋里。所以有香的花中，我只爱兰花、桂花、香豆花和玫瑰，无香的花中，海棠要算我最喜欢的了。

海棠是浅浅的红，红得“乐而不淫”，淡淡的白，白得“哀而不伤”，又有满树的绿叶掩映着，秾纤适中，像一个天真、健美、欢悦的少女，同是造物者最得意的作品。

斜阳里，我正对着那几树繁花坐下。

春在眼前了！

这四棵海棠在怀馨堂前，北边的那两棵较大，高出堂檐五六尺。花后是响晴蔚蓝的天，淡淡的半圆的月，遥俯树梢。这四棵树上，有千千万万玲珑娇艳的花朵，乱烘烘地在繁枝上挤着开……

看见过幼稚园放学没有？从小小的门里，挤着的跳出拥出使人眼花缭乱的一大群的快乐、活泼、力量和生命；这一大群跳着拥着的分散在极大的周围，在生的季候里做成了永远的春天！

那在海棠枝上卖力的春，使我当时有同样的感觉。

一春来对于春的憎嫌，这时都消失了，喜悦地仰首，眼前是烂漫的春、骄奢的春、光艳的春，——似乎春在九十日来无数的徘徊瞻顾，百就千拦，只为的是今日在此树枝头，快意恣情地一放！

看得恰到好处，便辞谢了主人回来。这春天吞咽得口有余香！过了三四天，又有友人来约同去，我却回绝了。今年到处寻春，总是太晚，我知道那时若去，已是“落红万点愁如海”，春来萧索如斯，大不必去惹那如海的愁绪。

虽然九十天中，只有一日的春光，而对于春天，似乎已得了报复，不再怨恨憎嫌了。只是满意之余，还觉得有些遗憾，如同小孩子打架后相寻，大家忍不住回嗔作喜，却又不肯即时言归于好，只背着脸，低着头，噘着嘴说："早知道你又来哄我找我，当初又何必把我冰在那里呢？"

一九三六年五月八日夜，北平

# 只拣儿童多处行

从香山归来，路过颐和园，看见颐和园门口，就像散戏似的，成千盈百的孩子，闹嚷嚷地从门内挤了出来。这几扇大红门，就像一只大魔术匣子，盖子敞开着，飞涌出一群接着一群的关不住的小天使。

这情景实在有趣！我想起两句诗："儿童不解春何在，只拣游人多处行"，反过来也可以说："游人不解春何在，只拣儿童多处行"。我们笑着下了车，迎着儿童的涌流，挤进颐和园去。

我们本想在知春亭畔喝茶，哪知道知春亭畔已是座无隙地！女孩子、男孩子，戴着红领巾的，把外衣脱下搭在肩上拿在手里的，东一堆、西一簇，唧唧呱呱地，也不知说些什么，笑些什么，个个鼻尖上闪着汗珠，小小的身躯上喷发着太阳的香气息。也有些孩子，大概是跑累了，背倚着树根坐在小山坡上，聚精会神地看小人书。湖面无数坐满儿童的小船，在波浪上荡漾，一面一面鲜红的队旗，在骀荡的东风里哗哗地响着。

我们站了一会，沿着湖边的白石栏杆向玉澜堂走，在转折的地方，总和一群一群的孩子撞个满怀，他们匆匆地说了声“对不起”，又匆匆地往前跑，知春亭和园门口大概是他们集合的地方，太阳已经偏西，是他们归去的时候了。

走进玉澜堂的院落里，眼睛突然地一亮，那几棵大海棠树，开满了密密层层的淡红的花，这繁花开得从树枝开到树梢，不留一点空隙，阳光下就像几座喷花的飞泉……

春光，就会这样地饱满，这样地烂漫，这样地泼辣，这样地华侈，它把一冬天蕴藏的精神、力量，都尽情地挥霍出来了！

我们在花下大声赞叹，引起一群刚要出门的孩子，又围聚过来了，他们抬头看看花，又看看我们。我拉住一个额前披着短发的男孩子，笑问：“你说这海棠花好看不好看？”他忸怩地笑着说：“好看。”我又笑问：“怎么好法？”当他说不出来低头玩着纽扣的时候，一个在他后面的女孩子笑着说：“就是开得旺嘛！”于是他们就像过了一关似的，笑着推着跑出门外去了。

对，就是开得旺！只要管理得好，给它适时地浇水施肥，花也和儿童一样，在春天的感召下，欢畅活泼地，以旺盛的生命力，舒展出新鲜美丽的四肢，使出浑身解数，这时候，自已感到快乐，别人看着也快乐。

朋友，春天在哪里？当你春游的时候，记住“只拣儿童多处行”，是永远不会找不到春天的！

# 海　恋

许多朋友听说我曾到大连去歇夏，湛江去过冬，日本和阿联去开会，都写信来说："你又到了你所热爱的大海旁边了，看到了童年耳鬓厮磨的游伴，不定又写了多少东西呢……"朋友们的期望，一部分是实现了，但是大部分没有实现。我似乎觉得，不论是日本海、地中海……甚至于大连湾、广州湾，都不像我童年的那片"海"，正如我一生中最好的朋友，不一定是我童年耳鬓厮磨的游伴一样。我的童年的游伴，在许多方面都不如我长大以后所结交的朋友，但是我对童年的游伴，却是异样地熟识，异样地亲昵。她们的姓名、声音、笑貌，甚至于鬓边的一绺短发，眉边的一颗红痣，几十年过去了，还是历历在目！越来越健忘的我，常常因为和面熟的人寒暄招呼了半天还记不起姓名，而暗暗地感到惭愧。因此，对于涌到我眼前的一幅一幅童年时代的、镜子般清澈明朗的图画，总是感到惊异，同时也感到深刻的喜悦和怅惘杂糅的情绪——这情绪，像一根温柔的针刺，刺透了我的纤弱嫩软的心！

谈到海——自从我离开童年的海边以后，这几十年之中，我不知道亲近过多少雄伟奇丽的海边，观赏过多少璀璨明媚的海景。如果我的脑子里有一座记忆之宫的话，那么这座殿宇的墙壁上，不知道挂有多少幅大大小小意态不同、神韵不同的海景的图画。但是，最朴素、最阔大、最惊心动魄的，是正殿北墙上的那一幅大画！这幅大画上，右边是一座屏障似的连绵不断的南山，左边是一带围抱过来的丘陵，土坡上是一层一层的麦地，前面是平坦无际的淡黄的沙滩。在沙滩与我之间，有一簇依山上下高低不齐的农舍，亲热地偎倚成一个小小的村落。在广阔的沙滩前面，就是那片大海！这大海横亘南北，布满东方的天边，天边有几笔淡墨画成的海岛，那就是芝罘岛，岛上有一座灯塔。画上的构图，如此而已。

但是这幅海的图画，是在我童年，脑子还是一张纯素的白纸的时候，清澈而敏强的记忆力，给我日日夜夜、一笔一笔用铜钩铁划画了上去的，深刻到永不磨灭。

我的这片海，是在祖国的北方，附近没有秀丽的山林，高悬的泉瀑。冬来秋去，大地上一片枯黄，海水也是灰蓝灰蓝的，显得十分萧瑟。春天来了，青草给高大的南山披上新装，远远的村舍顶上，偶然露出一两树桃花。海水映到春天的光明，慢慢地也荡漾出翠绿的波浪……

这是我童年活动的舞台上，从不更换的布景。我是这个阔大舞台上的“独脚”，有时在徘徊独白，有时在抱膝沉思。我张着惊奇探讨的眼睛，注视着一切。在清晨，我看见金盆似的朝日，从深黑色、浅灰色、鱼肚白色的云层里，忽然涌了上来；这时，太空轰鸣，浓金泼满了海面，染透了诸天。渐渐地，声音平静下去了，天边漾出一缕淡淡的白烟，看见桅顶了，看见船身了，又是哪里的海客，来拜访我们北山下小小的城市了。在黄昏，我看见银盘似的月亮，颤巍巍地捧出了水平，海面变成一道道一层层的，由浓墨而银灰，渐渐地漾成闪烁光明的一片。淡墨色的渔帆，一翅连着一翅，慢慢地移了过去，船尾上闪着橘红色的灯光。我知道在这淡淡的白烟里，橘红色的灯光中，都有许多人——从大人的嘴里，从书本、像《一千零一夜》里出来的、我所熟识的人，他们在忙碌地做工，喧笑着谈话。我看不见他们，但是我在幻想里一刻不停地替他们做工，替他们说话：他们嚓嚓地用椰子壳洗着甲板，哗哗地撒着沉重的渔网；他们把很大的“顶针”套在手掌上，用力地缝一块很厚的帆布，他们把粗壮的手指放在嘴里吮着，然后举到头边，来测定海风的方向。他们的谈话又紧张又热闹，他们谈着天后宫前的社戏，玉皇顶上的梨花，他们谈着几天前的暴风雨……这时我的心就狂跳起来了，我的嘴里模拟着悍勇的呼号，两手紧握得出了热汗，身子紧张得从沙滩上站了起来……

我回忆中的景色：风晨、月夕、雪地、星空，像万花筒一般，瞬息千变；和这些景色相配合的我的幻想活动，也像一出出不同的戏剧，日夜不停地在上演着。但是每一出戏都是在同一的，以高山大海为背景的舞台上演出的。这个舞台，绝顶静寂，无边辽阔，我既是演员，又是剧作者。我虽然单身独自，我却感到无限的欢畅与自由。

这些往事，再说下去，是永远说不完的，而且我所要说的并不是这些。我是说，每一个人都有他自己的童年往事，快乐也好，辛酸也好，对于他都是心动神移的最深刻的记忆。我恰巧是从小亲近了海，爱恋了海，而别的人就亲近爱恋了别的景物，他们说起来写起来也不免会“一往情深”的。其实，具体来说，爱海也罢，爱别的东西也罢，都爱的是我们自己的土地，我们自己的人民！就说爱海，我们爱的决不是任何一片四望无边的海。每一处海边，都有她自己的沙滩，自己的岩石，自己的树木，自己的村庄，来构成她自己独特的、使人爱恋的“性格”。她的沙滩和岩石，确定了地理的范围，她的树木和村庄，标志着人民的劳动。她的性格里面，有和我们血肉相连的历史文化、习惯风俗。她是属于我们的，我们是属于她的，她孕育了我们，培养了我们；我们依恋她、保卫她，我们愿她幸福繁荣，我们决不忍受人家对她的欺凌侵略。就是这种强烈沉挚的感情，鼓舞了我们写出多少美丽雄壮的诗文，做出多少空前伟大的事业，这些例子，古今中外，还用得着列举吗？

还有，我爱了童年的“海”，是否就不爱大连湾和广州湾了呢？决不是的。我长大了，海也扩大了，她们也还是我们自己的海！至于日本海和地中海——当我见到参加反对美军基地运动的日本内滩的儿童、参加反抗英法侵略战争的阿联塞得港的儿童的时候，我拉着他们温热的小手，望着他们背后蔚蓝的大海，童年的海恋，怒潮似的涌上心头。多么可爱的日本和阿联的儿童，多么可爱的日本海和地中海呵！

一九六二年九月十八夜，北京

# 童年的春节

我童年生活中，不光是海边山上孤单寂寞地独往独来，也有热闹得锣鼓喧天的时候，那便是从前的“新年”，现在叫作“春节”的。

那时我家住在烟台海军学校后面的东南山窝里，附近只有几个村落，进烟台市还要越过一座东山，算是最冷僻的一角了，但是“过年”还是一年中最隆重的节日。

过年的前几天，最忙的是母亲了。她忙着打点我们过年穿的新衣鞋帽，还有一家大小半个月吃的肉，因为那里的习惯，从正月初一到十五是不宰猪卖肉的。我看见母亲系起围裙、挽上袖子，往大坛子里装上大块大块的喷香的裹满“红糟”的糟肉，还有用酱油、白糖和各种香料煮的卤肉，还蒸上好几笼屉的红糖年糕……当母亲做这些事的时候，旁边站着的不只有我们几个馋孩子，还有在旁边帮忙的厨师傅和余妈。

父亲呢，就为放学的孩子们准备新年的娱乐。在海军学校上学的不但有我的堂哥哥，还有表哥哥。真是“一表三千里”，什么姑表哥、舅表哥、姨表哥，至少有七八个。父亲从烟台市上买回一套吹打乐器，锣、鼓、箫、笛、二胡、月琴……弹奏起来，真是热闹得很。只是我挤不进他们的乐队里去！我只能白天放些父亲给我们买回来的鞭炮，晚上放些烟火。大的是一筒一筒地放在地上放，火树银花，璀璨得很！我最喜欢的还是一种最小、最简单的“滴滴金”。那是一条小纸捻，卷着一点火药，可以拿在手里点起来嗤嗤地响，爆出点点火星。

记得我们初一早起，换上新衣新鞋，先拜祖宗——我们家不供神佛——供桌上只有祖宗牌位、香、烛和祭品，这一桌酒菜就是我们新年的午餐——然后给父母亲和长辈拜年，我拿到的红纸包里的压岁钱，大多是一圆锃亮的墨西哥“站人”银元，我都请母亲替我收起。

最有趣的还是从各个农村来要“花会”的了，演员们都是各个村落里冬闲的农民，节目大多是“跑旱船”和“王大娘锔大缸”之类，演女角的都是村里的年轻人，搽着很厚的脂粉。鼓乐前导，后面就簇拥着许多小孩子。到我家门首，自然就围上一大群人，于是他们就穿走演唱了起来，有乐器伴奏，歌曲大都滑稽可笑，引得大家笑声不断。要完了，我们就拿烟、酒、点心慰劳他们。这个村的花会刚走，那个村的又来了，最先来到的自然是离我们最近的金钩寨的花会！

我十一岁那年，回到故乡的福建福州，那里过年又热闹多了。我们大家庭里是四房同居分吃，祖父是和我们这一房在一起吃饭的。从腊月廿三日起，大家就忙着扫房，擦洗门窗和铜锡器具，准备糟和腌的鸡、鸭、鱼、肉。祖父只忙着写春联，贴在擦得锃亮的大门或旁门上。他自己在元旦这天早上，还用红纸写一条：“元旦开业，新春大吉……”以下还有什么吉利话，我就不认得也不记得了。

新年里，我们各人从自己的“姥姥家”得到许多好东西。首先是灶糖、灶饼，那是一盒一盒的糖和点心。据说是祭灶王爷用的，糖和点心都很甜也很黏，为的是把灶王的嘴糊上，使得他上天不能汇报这家人的坏话！最好的东西，还是灯笼，福州方言，“灯”和“丁”同音，因此送灯的数目，总比孩子的数目多一盏，是添丁的意思。那时我的弟弟们还小，不会和我抢，多的那一盏总是给我。这些灯：有纸的，有纱的，还有玻璃的……于是我屋墙上挂的是“走马灯”，上面的人物是“三英战吕布”，手里提的是两眼会活动的金鱼灯，另一手就拉着一盏脚下有轮子的“白兔灯”。同时我家所在的南后街，本是个灯市，这一条街上大多是灯铺。我家门口的“万兴桶石店”，平时除了卖各种红漆金边的伴嫁用的大小桶子之外，就兼卖各种的灯。那就不是孩子们举着玩的灯笼了，而是上面画着精细的花鸟人物的大玻璃灯、纱灯、料丝灯、牛角灯等等，元宵之夜，都点了起来，真是“花市灯如昼”，游人如织，欢笑满街！

元宵过后，一年一度的光彩辉煌的日子，就完结了。当大人们让我们把许多玩够了的灯笼，放在一起烧了之后，说：“从明天起，好好收收心上学去吧。”我们默默地听着，看着天井里那些灯笼的星星余烬，恋恋不舍地带着一种说不出的惆怅寂寞之感，上床睡觉的时候，这一夜的滋味真不好过！

一九八五年一月三十日

# 好妈妈

今天一早，小弟和小妹就把我吵醒了，小弟说小妹拿了他的袜子，小妹说小弟穿了她的衣服，两个人站在床上，乱拉乱扯的，把衣服都甩在地下了。我急得直喊："妈妈，您快来吧，他们又吵呢，星期日早上也不让人多睡一会儿！"

爸爸从外屋进来了，轻轻地说："别吵了，妈妈做着饭呢，你们总不让妈妈安静一会儿。"爸爸一面说一面就帮他们穿衣服，又把他们带了出去。

我又往被窝里一缩，使劲闭上眼，可是怎么也睡不着了。我想起我今天下午还要过队日呢，不知道妈妈把我的那件衣服洗好了没有？我的功课还落下了许多，今天上午一定做不完。星期日总是我最忙的日子！

我越想越睡不着，赶紧穿衣服起来，把被窝往后一推，忙忙地出去梳头洗脸，从桌上拿起早饭就吃，一边问妈妈："昨天我脱下来的那件制服，您给我洗了没有？我今天下午过队日要穿。"

妈妈正在收拾屋子，听我这么一问就愣了一下，说："你那件衣服不是刚换的么？怎么又弄脏了？"

我急了，说："换倒是刚换了的，可是袖子上让同学给弄上了些墨水，昨天晚上我脱下来，忘了告诉您了。反正我今天不能穿它去，多难看呀！"

妈妈叹口气说："好吧，等我完了事，赶着给你洗，可是不一定干得了——你怎么又过队日了？我今天下午有事，还指你给我看小弟小妹呢。"

我瞪着眼摇着头说："不行，过队日不能不去！每星期日您总是有事，可是我也有我的事呀。您做事就是没有计划，老师说了，我们应该懂得怎样分配时间，凡是按着计划安排好，就不会忙了，我劝您以后也得订一下计划！"

爸爸走过来说："你叫妈妈怎么订计划呀？你的衣服刚穿上就弄脏了，早也不告诉妈妈，今天过队日也不早告诉妈妈！"

我没有答话，丢下饭碗就到里屋去了。我必须得抓紧时间做点功课，下午就没有工夫了。

进屋一看，小弟和小妹正在翻我的书包呢，他们把我的书本呀，铅笔盒儿什么的，都拉出来了。我连忙把他们推开，把书本整理一下，发现我那本算术不见了，我急得又喊："妈妈您看他们多讨厌，尽动我的东西，把我的那本算术也弄没啦！"妈妈走进来说："你那本算术是你自己放在桌上的，我给收在抽屉里了。你自个的书总不归着好，书包也不挂起来，还老说小弟小妹动你的东西！”

这时候小弟和小妹已经溜到外屋，爸爸把他们带到外面玩去了。

我气呼呼地从抽屉里翻出那本算术来，想坐下来做几道习题，可是桌上堆得满满的，什么茶杯啦，热水瓶啦，书啦，一点地方都没有！

乱，乱，真是乱死了！妈妈整天抓起这个，扔下那个，也不知道忙些什么，家里总是乱七八糟的！我就是佩服隔壁的李大娘，她家里总是整整齐齐的，李永珍身上的衣服也总是干干净净的，他们家的孩子比我们家还多呢，人家李大娘怎么一点也不乱呢。

我想：我到李家做功课去吧，她们那里总是清静的，孩子们也不闹，李大爷喜欢我们，总和我们大说大笑的，永珍也会帮助我。我一边想着，一边就拿起书本往李家跑。

我一走进李家门，看见他们屋里早已收拾得干干净净的。永珍的姐姐永瑛是个中学生，今天也在家，正在抹桌子，永珍带着她的小弟小妹正在书桌上画画呢。李大爷和李大娘在里屋换着衣服，仿佛要出门去。李大娘看见我就笑着说：“早呀，小琴真是个好学生，星期日还用功。你妈妈做什么呢？”我说：“我妈妈忙着收拾屋子呢，您这么早就出门呀？”李大娘说：“可不是，永珍她们说今天早场的电影好，你李大爷一早去买了票，说陪我去看。我说星期日家里人多事多，我就不去吧，可是他们一定要让我去。”李大爷笑着说：“人多就应该事少。本来星期日都应该休息嘛，我们工人星期日不上班，学生们星期日也不上课，只有你们家庭妇女，一年到头都没有休息。”李大爷回头又对永瑛笑着说：“你平常还总写信回家说：‘亲爱的妈妈，那双新鞋子做好了没有？星期日我要带走，我的鞋子又破了。’要不然就说：‘亲爱的妈妈，我想吃饺子，这个星期日您给我预备点饺子吧。’好像在星期日我们都休息的时候，你们亲爱的妈妈就得加班似的，对不对？”

永瑛笑着说：“不对，我已经有一年多没让妈妈给我做鞋子了，我自己会做了！”永珍也笑着说：“不对，现在每天我们总是帮妈妈做事了！”李小弟和李小妹也跟着笑嚷嚷地说：“不对，不对，我们都乖了，都不闹了，都不要跟妈妈出门了。”李大爷说：“这就对了，你们不但在学校里要做好学生、好队员，在家里也要做个好孩子，这样才……”李大娘赶紧接着说：“她们现在可真都会帮忙啦，你也不必尽着说了。”永瑛和永珍都笑了说：“好了，亲爱的妈妈，你们快走吧，回头把电影也误了！”李大娘站起来说：“那我们就走啦，今天中午就吃炸酱面吧，肉和酱都在柜里呢。”永瑛笑说：“知道了，我们一定误不了，您中午回来准有面吃。”李大爷笑着就跟在李大娘后面出去了，李小弟和李小妹追出门外，笑着喊：“妈妈，再见！”

他们刚走出去，永瑛就问永珍：“昨晚上换下的那一堆脏衣服，妈都藏在哪儿去啦！趁早上没事拿给我洗了吧。”永珍说：“妈洗啦，你每星期才回来一天半天的，叫你休息休息，或者做上一点功课，那些衣服她明天有空洗，不让你洗呢。”永瑛说：“我的功课都做完了，替妈妈劳动，本是在我的计划里面的，一点也不耽误我的事。我一边洗衣服一边和你们谈话，也就是休息了。”永珍就进屋去，抱出一堆衣服来，永瑛就坐在屋角那边去洗。

这时候，永珍拉我在书桌边坐下，问我要温习什么。我说我要做算术习题，问她要不要和我一块儿做。永珍说：“我的算术习题都做完了，不过我可以帮助你。”说着她又从炉子上拿下烧着的烙铁来，一面熨着她自己下午过队日穿的衣服，一面回答我的问题。

我低着头做算术习题，心里却翻腾得厉害，耳朵里只听见永瑛洗衣服嚓嚓的声音和永珍熨衣服嗤嗤的声音，这时屋里安静极了。我心里想：“我平常总是拿大娘和妈妈比，觉得李大娘比妈妈能干得多，今天才知道永珍和永瑛还替她们的妈妈做了这么多的事！现在永珍的妈妈出去看电影去了，而我的妈妈还在给我赶着洗衣服呢！”

我越想越坐不住，站起来就要走。永瑛叫住我说：“今天下午在你们家里开家属委员会，你又不在家，有什么事要我帮忙，就请陈大娘告诉我一声吧。”

我说：“我妈妈只说下午有事，并没有告诉我是家属委员会在家里开会，她本来叫我替她看着小弟和小妹，这样您就替我们看着吧。”

永瑛说：“陈大娘刚选上家属委员会的副主席，你不知道吗？她可积极啦！这些日子为着反对使用原子武器的签名运动啦，爱国卫生运动啦，一天到晚地忙，我妈妈说我们都得帮她点忙，别让她累坏了！”

我拿起书就往家跑，妈妈正要替我洗那件衣服呢，我连忙把衣服拿过来说：“您不用洗了，这件衣服我还可以穿。还有，您下午开会忙，我已经托了李永瑛替我看小弟小妹了，您放心吧！”说着我就跑进里屋去，急急忙忙地把床上的被窝都好好地叠起来，把桌子上的东西都归着好了，正要出来拿扫帚扫地，抬头看见妈妈正站在门口看着我呢，她满脸是惊讶高兴的笑容，说：“小琴，你今天怎么这样勤快呀？”

我反而不好意思了，我红着脸低着头说：“从今起我要天天帮您做事了，好——妈——妈。”

# 寄小读者

小朋友，忽忽又已将周年，
光阴过得何等的飞速?
明知追写这些事时，要引起我的惆怅，
但为着小朋友，我是十分情愿。

# 寄小读者（节选）

## 通讯二

小朋友们：

我极不愿在第二次的通讯里，便劈头告诉你们一件伤心的事情。然而这件事，从去年起，使我的灵魂受了隐痛，直到现在，不容我不在纯洁的小朋友面前忏悔。

去年的一个春夜——很清闲的一夜，已过了九点钟了，弟弟们都已去睡觉，只我的父亲和母亲对坐在圆桌旁边，看书，吃果点，谈话。我自己也拿着一本书，倚在椅背上站着看。那时一切都很和柔，很安静的。

一只小鼠，悄悄地从桌子底下出来，慢慢地吃着地上的饼屑。这鼠小得很，它无猜地，坦然地，一边吃着，一边抬头看看我——我惊慌地唤起来，母亲和父亲都向下注视了。四面眼光之中，它仍是怡然地不走，灯影下照见它很小很小，浅灰色的嫩毛，灵便的小身体，一双闪烁的明亮的小眼睛。

小朋友们，请容我忏悔！一刹那顷我神经错乱地俯将下去，拿着手里的书，轻轻地将它盖上。——上帝！它竟然不走。隔着书页，我觉得它柔软的小身体，无抵抗地蜷伏在地上。

这完全出于我意料之外了！我按着它的手，方在微颤——母亲已连忙说："何苦来！这么驯良有趣的一个小活物……"话犹未了，小狗虎儿从帘外跳将进来，父亲也连忙说："快放手，虎儿要得着它了！"我又神经错乱地拿起书来，可恨呵！它仍是怡然地不动。——一声喜悦的微吼，虎儿已扑着它，不容我唤住，已衔着它从帘隙里又钻了出去。出到门外，只听得它在虎儿口里微弱凄苦地啾啾地叫了几声，此后便没有了声息。——前后不到一分钟，这温柔的小活物，使我心上飕地着了一箭！

我从惊惶中长吁了一口气。母亲慢慢也放下手里的书，抬头看着我说："我看它实在小得很，无机得很。否则一定跑了。初次出来觅食，不见回来，它母亲在窝里，不定怎样的想望呢。"

小朋友，我堕落了，我实在堕落了！我若是和你们一般年纪的时候，听得这话，一定要慢慢地挪过去，突然地扑在母亲怀中痛哭。然而我那时……小朋友们恕我！我只装作不介意地笑了一笑。

安息的时候到了，我回到卧室里去。勉强的笑，增加了我的罪孽，我徘徊了半天，心里不知怎样才好——我没有换衣服，只倚在床沿，伏在枕上，在这种状态之下，静默了有十五分钟——我至终流下泪来。

至今已是一年多了，有时读书至夜深，再看见有鼠子出来，我总觉得忧愧，几乎要避开。我总想是那只小鼠的母亲，含着伤心之泪，夜夜出来找它，要带它回去。

不但这个，看见虎儿时想起，夜坐时也想起，这印象在我心中时时作痛。有一次禁受不住，便对一个成人的朋友，说了出来，我拚着受她一场责备，好减除我些痛苦。不想她却失笑着说："你真是越来越孩子气了，针尖大的事，也值得说说！"她漠然的笑容，竟将我以下的话，拦了回去。从那时起，我灰心绝望，我没有向第二个成人，再提起这针尖大的事！

我小时曾为一头折足的蟋蟀流泪，为一只受伤的黄雀呜咽：我小时明白一切生命，在造物者眼中是一般大小的；我小时未曾做过不仁爱的事情，但如今堕落了……

今天都在你们面前陈诉承认了，严正的小朋友，请你们裁判吧！

冰心

一九二三年七月二十八日，北京

## 通讯三

亲爱的小朋友：

昨天下午离开了家，我如同入梦一般。车转过街角的时候，我回头凝望着——除非是再看见这缘满豆叶的棚下的一切亲爱的人，我这梦是不能醒的了！

送我的尽是小孩子——从家里出来，同车的也是小孩子，车前车后也是小孩子。我深深觉得凄恻中的光荣。冰心何福，得这些小孩子天真纯洁的爱，消受这甚深而不牵累的离情。

火车还没有开行，小弟弟冰季别到临头，才知道难过，不住地牵着冰叔的衣袖，说："哥哥，我们回去吧。"他酸泪盈眸，远远地站着。我叫过他来，捧住了他的脸，我又无力地放下手来，他们便走了。——我们至终没有一句话。

慢慢地火车出了站，一边城墙，一边杨柳，从我眼前飞过。我心沉沉如死，倒觉得廓然，便拿起《国语文学史》来看，刚翻到"卿云烂兮"一段，忽然看见书页上的空白处写着几个大字："别忘了小小。"我的心忽然一酸，连忙抛了书，走到对面的椅子上坐下——这是冰季的笔迹呵！小弟弟，如何还困弄我于别离之后？

夜中只是睡不稳，几次坐起，开起窗来，只有模糊的半圆的月，照着深黑无际的田野。——车只风驰电掣地，轮声轧轧里，奔向着无限的前途。明月和我，一步一步地离家远了！

今早过济南，我五时便起来，对窗整发。外望远山连绵不断，都没在朝霭里，淡到欲无。只浅蓝色的山峰一线，横亘天空。山坳里人家的炊烟，蒙蒙的屯在谷中，如同云起。朝阳极光明地照临在无边的整齐青绿的田畦上。我梳洗毕凭窗站了半点钟，在这庄严伟大的环境中，我只能默然低头，赞美万能智慧的造物者。

过泰安府以后，朝露还零。各站台都在浓阴之中，最有古趣，最清幽。到此我才下车稍稍散步，远望泰山，悠然神往。默诵“高山仰止，景行行止，虽不能至，心向往之”四句，反复了好几遍。

自此以后，站台上时闻皮靴拖踏声，刀枪相触声，又见黄衣灰衣的兵丁，成队的来往逡巡。我忽然忆起临城劫车的事，知道快到抱犊冈了，我切愿一见那些持刀背剑来去如飞的人。我这时心中只憬憧着梁山泊好汉的生活，武松林冲鲁智深的生活。我不是羡慕什么分金阁、剥皮亭，我羡慕那种激越豪放、大刀阔斧的胸襟！

因此我走出去，问那站在两车挂接处荷枪带弹的兵丁。他说快到临城了，抱犊冈远在几十里外，车上是看不见的。他和我说话极温和，说的是纯正的山东话。我如同远客听到乡音一般，起了无名的喜悦。——山东是我灵魂上的故乡，我只喜欢忠恳的山东人，听那生怯的山东话。

一站一站地近江南了，我旅行的快乐，已经开始。这次我特意定的自己一间房子，为的要自由一些，安静一些，好写些通讯。我靠在长枕上，近窗坐着。向阳那边的窗帘，都严严地掩上。对面一边，为要看风景，便开了一半。凉风徐来，这房里寂静幽阴已极。除了单调的轮声以外，与我家中的书室无异。窗内虽然没有满架的书，而窗外却旋转着伟大的自然。笔在手里，句在心里，只要我不按铃，便没有人进来搅我。龚定庵有句云：“……都道西湖清怨极，谁分这般浓福？……”今早这样恬静喜悦的心境，是我所梦想不到的。书此不但自慰，并以慰弟弟们和记念我的小朋友。

冰心

一九二三年八月四日，津浦道中

## 通讯七

亲爱的小朋友：

八月十七的下午，杰克逊号邮船无数的窗眼里，飞出五色飘扬的纸带，远远地抛到岸上任凭送别的人牵住的时候，我的心是如何的飞扬而凄恻！

痴绝的无数的送别者，在最远的江岸，仅仅牵着这终于断绝的纸条儿，放这庞然大物，载着最重的离愁，飘然西去！

船上生活，是如何的清新而活泼。除了三餐外，只是随意游戏散步。海上的头三日，我竟完全回到小孩子的境地中去了，套圈子、抛沙袋，乐此不疲，过后又绝然不玩了。后来自己回想很奇怪，无他，海唤起了我童年的回忆，海波声中，童心和游伴都跳跃到我脑中来。我十分地恨这次舟中没有几个小孩子，使我童心来复的三天中，有无猜畅好的游戏！

我自少住在海滨，却没有看见过海平如镜。这次出了吴淞口，一天的航程，一望无际尽是粼粼的微波。凉风习习，舟如在冰上行。到过了高丽界，海水竟似湖光。蓝极绿极，凝成一片。斜阳的金光，长蛇般自天边直接到栏旁人立处。上自穹苍，下至船前的水，自浅红至于深翠，幻成几十色，一层层，一片片地漾开了来。……小朋友，恨我不能画，文字竟是世界上最无用的东西，写不出这空灵的妙景！

八月十八夜，正是双星渡河之夕。晚餐后独倚栏旁，凉风吹衣。银河一片星光，照到深黑的海上。远远听得楼栏下人声笑语，忽然感到家乡渐远。繁星闪烁着，海波吟啸着，凝立悄然，只有惆怅。

十九日黄昏，已近神户，两岸青山，不时地有渔舟往来。日本的小山多半是圆扁的，大家说笑，便道是“馒头山”。这馒头山沿途点缀，直到夜里，远望灯光灿然，已抵神户。船徐徐停住，便有许多人上岸去。我因太晚，只自己又到最高层上，初次看见这般璀璨的世界，天上微月的光，和星光，岸上的灯光，无声相映。不时地还有一串光明从山上横飞过，想是火车周行。……舟中寂然，今夜没有海潮音，静极心绪忽起：“倘若此时母亲也在这里……”我极清晰地忆起北京来，小朋友，恕我，不能往下再写了。

冰心

一九二三年八月二十日，神户

## 通讯十

亲爱的小朋友：

我常喜欢挨坐在母亲的旁边，挽住她的衣袖，央求她述说我幼年的事。

母亲凝想地、含笑地、低低地说：

“不过有三个月罢了，偏已是这般多病。听见端药杯的人的脚步声，已知道惊怕啼哭。许多人围在床前，乞怜的眼光，不望着别人，只向着我，似乎已经从人群里认识了你的母亲！”

这时眼泪已湿了我们两个人的眼角！

“你的弥月到了，穿着舅母送的水红绸子的衣服，戴着青缎沿边的大红帽子，抱出到厅堂前。因看你丰满红润的面庞，使我在姊妹妯娌群中，起了骄傲。

“只有七个月，我们都在海舟上，我抱你站在栏旁。海波声中，你已会呼唤‘妈妈’和‘姊姊’。”

对于这件事，父亲和母亲还不时地起争论。父亲说世上没有七个月会说话的孩子。母亲坚执说是的。在我们家庭历史中，这事至今是件疑案。

“浓睡之中猛然听得丐妇求乞的声音，以为母亲已被她们带去了。冷汗被面地惊坐起来，脸和唇都青了，呜咽不能成声。我从后屋连忙进来，珍重地揽住，经过了无数的解释和安慰。自此后，便是睡着，我也不敢轻易地离开你的床前。”

这一节，我仿佛记得，我听时写时都重新起了呜咽！

“有一次你病得重极了，地上铺着席子，我抱着你在上面膝行。正是暑月，你父亲又不在家。你断断续续说的几句话，都不是三岁的孩子所能够说的。因着你奇异的智慧，增加了我无名的恐怖。我打电报给你父亲，说我身体和灵魂上都已不能再支持。忽然一阵大风雨，深忧的我，重病的你，和你疲乏的乳母，都沉沉地睡了一大觉。这一番风雨，把你又从死神的怀抱里，接了过来。”

我不信我智慧，我又信我智慧！母亲以智慧的眼光，看万物都是智慧的，何况她的唯一挚爱的女儿？

“头发又短，又没有一刻肯安静。早晨这左右两个小辫子，总是梳不起来。没有法子，父亲就来帮忙：‘站好了，站好了，要照相了！’父亲拿着照相匣子，假作照着。又短又粗的两个小辫子，好容易天天这样地将就地编好了。”

我奇怪我竟不懂得向父亲索要我每天照的相片！

“陈妈的女儿宝姐，是你的好朋友。她来了，我就关你们两个人在屋里，我自己睡午觉。等我醒来，一切的玩具，小人小马，都当作船，漂浮在脸盆的水里，地上已是水汪汪的。”

宝姐是我一个神秘的朋友，我自始至终不记得，不认识她。然而从母亲口里，我深深地爱了她。

“已经三岁了，或者快四岁了。父亲带你到他的兵舰上去，大家匆匆地替你换上衣服。你自己不知什么时候，把一只小木鹿，放在小靴子里。到船上只要父亲抱着，自己一步也不肯走。放到地上走时，只有一跛一跛的。大家奇怪了，脱了靴子，发现了小木鹿。父亲和他的许多朋友都笑了。——傻孩子！你怎么不会说？”

母亲笑了，我也伏在她的膝上羞愧地笑了。——回想起来，她的质问，和我的羞愧，都是一点理由没有的。十几年前事，提起当面前事说，真是无谓。然而那时我们中间弥漫了痴和爱！

“你最怕我凝神，我至今不知是什么缘故。每逢我凝望窗外，或是稍微地呆了一呆，你就过来呼唤我，摇撼我，说：‘妈妈，你的眼睛怎么不动了？’我有时喜欢你来抱住我，便故意地凝神不动。”

我自己也不知道是什么缘故。也许母亲凝神，多是忧愁的时候，我要搅乱她的思路，也未可知。——无论如何，这是个隐谜！

“然而你自己却也喜凝神。天天吃着饭，呆呆地望着壁上的字画，桌上的钟和花瓶，一碗饭数米粒似的，吃了好几点钟。我急了，便把一切都挪移开。”

这件事我记得，而且很清楚，因为独坐沉思的脾气至今不改。

当她说这些事的时候，我总是脸上堆着笑，眼里满了泪，听完了用她的衣袖来印我的眼角，静静地伏在她的膝上。这时宇宙已经没有了，只母亲和我，最后我也没有了，只有母亲；因为我本是她的一部分！

这是如何可惊喜的事，从母亲口中，逐渐地发现了，完成了我自己！她从最初已知道我、认识我、喜爱我，在我不知道不承认世界上有个我的时候，她已爱了我了。我从三岁上，才慢慢地在宇宙中寻到了自己、爱了自己、认识了自己；然而我所知道的自己，不过是母亲意念中的百分之一，千万分之一。

小朋友！当你寻见了世界上有一个人，认识你、知道你、爱你，都千百倍地胜过你自己的时候，你怎能不感激、不流泪、不死心塌地地爱她，而且死心塌地地容她爱你？

有一次，幼小的我，忽然走到母亲面前，仰着脸问说："妈妈，你到底为什么爱我？"母亲放下针线，用她的面颊，抵住我的前额，温柔地、不迟疑地说："不为什么，——只因你是我的女儿！"

小朋友！我不信世界上还有人能说这句话！"不为什么"这四个字，从她口里说出来，何等刚决，何等无回旋！她爱我，不是因为我是"冰心"，或是其他人世间的一切虚伪的称呼和名字！她的爱是不附带任何条件的，唯一的理由，就是我是她的女儿。总之，她的爱，是屏除一切，拂拭一切，层层地挥开我前后左右所蒙罩的，使我成为"今我"的原素，而直接地来爱我的自身。

假使我走至幕后，将我二十年的历史和一切都更变了，再走出到她面前，世界上纵没有一个人认识我，只要我仍是她的女儿，她就仍用她坚强无尽的爱来包围我。她爱我的肉体，她爱我的灵魂，她爱我前后左右，过去，将来，现在的一切！

天上的辰星，骤雨般落在大海上，嗤嗤繁响。海波如山一般的汹涌，一切楼屋都在地上旋转，天如同一张蓝纸卷了起来。树叶子满空飞舞，鸟儿归巢，走兽躲到它的洞穴。万象纷乱中，只要我能寻到她，投到她的怀里……天地一切都信她！她对于我的爱，不因着万物毁灭而更变！

她的爱不但包围我，而且普遍地包围着一切爱我的人；而且因着爱我，她也爱了天下的儿女，她更爱了天下的母亲。小朋友！告诉你一句小孩子以为是极浅显，而大人们以为是极高深的话："世界便是这样地建造起来的！"

世界上没有两件事物，是完全相同的，同在你头上的两根丝发，也不能一般长短。然而——请小朋友们和我同声赞美！只有普天下的母亲的爱，或隐或显，或出或没，不论你用斗量，用尺量，或是用心灵的度量衡来推测；我的母亲对于我，你的母亲对于你，她的和他的母亲对于她和他；她们的爱是一般的长阔高深，分毫都不差减。小朋友！我敢说，也敢信古往今来，没有一个敢来驳我这句话。当我发觉了这神圣的秘密的时候，我竟欢喜感动得伏案痛哭！

我的心潮，沸涌到最高度，我知道于我的病体是不相宜的，而且我更知道我所写的都不出乎你们的智慧范围之外。——窗外正是下着紧一阵慢一阵的秋雨，玫瑰花的香气，也正无声地赞美她们的"自然母亲"的爱！

我现在不在母亲的身畔，——但我知道她的爱没有一刻离开我，她自己也如此说！——暂时无从再打听关于我的幼年的消息；然而我会写信给我的母亲。我说："亲爱的母亲，请你将我所不知道的关于我的事，随时记下寄来给我。我现在正是考古家一般地，要从深知我的你口中，研究我神秘的自己。"

被上帝祝福的小朋友！你们正在母亲的怀里。——小朋友！我教给你，你看完了这一封信，放下报纸，就快快跑去找你的母亲——若是她出去了，就去坐在门槛上，静静地等她回来——不论在屋里或是院中，把她寻见了，你便上去攀住她，左右亲她的脸，你说：“母亲！若是你有工夫，请你将我小时候的事情，说给我听！”等她坐下了，你便坐在她的膝上，倚在她的胸前，你听得见她心脉和缓地跳动，你仰着脸，会有无数关于你的，你所不知道的美妙的故事，从她口里天乐一般地唱将出来！

然后，——小朋友！我愿你告诉我，她对你所说地都是什么事。

我现在正病着，没有母亲坐在旁边，小朋友一定怜念我，然而我有说不尽的感谢！造物者将我交付给我母亲的时候，竟赋予了我以记忆的心才；现在又从忙碌的课程中替我匀出七日夜来，回想母亲的爱。我病中光阴，因着这回想，寸寸都是甜蜜的。

小朋友，再谈吧，致我的爱与你们的母亲！

你的朋友　冰心

一九二三年十二月五日晨，圣卜生疗养院，威尔斯利

## 通讯十二

小朋友：

满廊的雪光，开读了母亲的来信，依然不能忍地流下几滴泪。四围山上的层层的松枝，载着白绒般的很厚的雪，沉沉下垂。不时地掉下一两片手掌大的雪块，无声地堆在雪地上。小松呵！你受造物的滋润是过重了！我这过分的被爱的心，又将何处去交卸！

小朋友，可怪我告诉过你们许多事，竟不曾将我的母亲介绍给你。——她是这么一个母亲：她的话句句使做儿女的人动心，她的字，一点一划都使做儿女的人下泪！

我每次得她的信，都不曾预想到有什么感触的，而往往读到中间，至少有一两句使我心酸泪落。这样深浓，这般诚挚，开天辟地的爱情呵！愿普天下一切有知，都来颂赞！

以下节录母亲信内的话，小朋友，试当她是你自己的母亲，你和她相离万里，你读的时候，你心中觉得怎样？

我读你《寄母亲》的一首诗，我忍不住下泪，此后你多来信，我就安慰多了！

十月十八日

我心灵是和你相连的。不论在做什么事情，心中总是想起你来……

十月二十七日

我们是相依为命的。不论你在什么地方，做什么事情，你母亲的心魂，总绕在你的身旁，保护你抚抱你，使你安安稳稳一天一天地过去。

十一月九日

我每遇晚饭的时候，一出去看见你屋中电灯未息，就仿佛你在屋里，未来吃饭似的，就想叫你，猛忆你不在家，我就很难过！

十一月二十二日

你的来信和相片，我差不多一天看了好几次，读了好几回。到夜中睡觉的时候，自然是梦魂飞越在你的身旁，你想做母亲的人，哪个不思念她的孩子？……

十一月二十六日

经过了几次的酸楚我忽发悲愿，愿世界上自始至终就没有我，永减母亲的思念。一转念纵使没有我，她还可有别的女孩子做她的女儿，她仍是一般的牵挂，不如世界上自始至终就没有母亲。——然而世界上古往今来百千万亿的母亲，又当如何？且我的母亲已经彻底地告诉我："做母亲的人，哪个不思念她的孩子！"

为此我透彻地觉悟，我死心塌地地肯定了我们居住的世界是极乐的。"母亲的爱"打千百转身，在世上幻出人和人，人和万物种种一切的互助和同情。这如火如荼的爱力，使这疲缓的人世，一步一步地移向光明！感谢上帝！经过了别离，我反复思寻印证，心潮几番动荡起落，自我和我的母亲，她的母亲，以及他的母亲接触之间，我深深地证实了我年来的信仰，绝不是无意识的！

真的，小朋友！别离之前，我不曾懂得母亲的爱动人至此，使人一心一念，神魂奔赴……我不须多说，小朋友知道的比我更彻底，我只愿这一心一念，永住永存，尽我在世的光阴，来讴歌颂扬这神圣无边的爱！圣保罗在他的书信里说过一句石破天惊的话，是：“我为这福音的奥秘，做了带锁链的使者。”一个使者，却是带着奥妙的爱的锁链的！小朋友，请你们监察我，催我自强不息地来奔赴这理想的最高的人格！

这封信不是专为介绍我母亲的自身，我要提醒的是“母亲”这两个字。谁无父母，谁非人子？母亲的爱，都是一般；而你们天真中的经验，却千百倍地清晰浓挚于我！母亲的爱，竟不能使我在人前有丝毫的得意和骄傲，因为普天下没有一个没有母亲的孩子。小朋友，谁道上天生人有厚薄？无贫富，无贵贱，造物者都预备一个母亲来爱他。又试问鸿蒙初辟时，又哪里有贫富贵贱，这些人造的制度阶级？遂令当时人类在母亲的爱光之下，个个自由，个个平等！

你们有这个经验么？我往往有爱世上其他物事胜过母亲的时候。为着兄弟朋友，为着花鸟虫鱼，甚至于为着一本书一件衣服，和母亲违拗争执。当时只弄娇痴，就是母亲，也未曾介意。如今病榻上寸寸回想，使我有无限的惊悔。小朋友！为着我，你们自此留心，只有母亲是真爱你的。她的劝诫，句句有天大的理由。花鸟虫鱼的爱是暂时的，母亲的爱是永远的！

时至今日，我偶然觉悟到，因着母亲，使我承认了世间一切其他的爱，又冷淡了世间一切其他的爱。

青山雪霁，意态十分清冷。廊上无人，只不时的从楼下飞到一两声笑语，真是幽静极了。造物者的意旨，何等的深沉呵！把我从岁暮的尘嚣之中，提将出来，叫我在深山万静之中，来辗转思索。

说到我的病，本不是什么大症候，也就无所谓痊愈，现在只要慢慢地休息着。只是逃了几个月的学，其中也有幸有不幸。

这是一九二三年的末一日，小朋友，我祝你们的进步。

冰心

一九二三年十二月三十一日，青山沙穰

## 通讯十四

我的小朋友：

黄昏睡起，闲走着绕到西边回廊上，看一个病的女孩子。站在她床前说着话儿的时候，抬头看见松梢上一星朗耀，她说："这是你今晚第一颗见到的星儿，对它祝说你的愿望吧！"——同时她低低地度着一支小曲，是：

Star light

Star bright

First star I see tonight

Wish I may

Wish I might

Have the wish I wish tonight

小朋友：这是一支极柔媚的儿歌。我不想翻译出来。因为童谣完全以音韵见长，一翻成中国字，念出来就不好听，大意也就是她对我说的那两句话。——倘若你们自己能念，或是姊姊哥哥、姑姑母亲，能教给你们念，也就更好。——她说到此，我略不思索，我合掌向天说："我愿万里外的母亲，不太为平安快乐的我忧虑！"

估计今天或明天，就是我母亲接到我报告抱病入山的信之日，不知大家如何商量谈论，长吁短叹；岂知无知无愁的我，正在此过起止水浮云的生活来了呢？

去年十二月十九日，我寄给国内朋友一封信，我说："沙穰疗养院，冷冰冰如同雪洞一般。我又整天地必须在朔风里。你们围炉的人，怎知我正在冰天雪地中，与造化挣命！"如今想起，又觉得那话说得太无谓，太怨望了，未曾听见挣命有如今这般温柔的挣法！

生，老，病，死，是人生很重大而又不能避免的事。无论怎样高贵伟大的人，对此切己的事，也丝毫不能为力。这时节只能将自己当作第三者，旁立静听着造化的安排。小朋友，我凝神看着造化轻舒慧腕，来安排我的命运的时候，我忍不住失声赞叹他深思和玄妙。

往常一日几次匆匆走过慰冰湖，一边看晚霞，一边心里想着功课。偷闲划舟，抬头望一望滟滟的湖波，低头看滴答滴答消磨时间的手表，心灵中真是太苦了，然而万没有整天地放下正事来赏玩自然的道理。造物者明明在上，看出了我的隐情，眉头一皱，轻轻地赐予我一场病，这病乃是专以抛撇一切，游泛于自然海中为治疗的。

如今呢？过的是花的生活，生长于光天化日之下，微风细雨之中；过的是鸟的生活，游息于山巅水涯，寄身于上下左右空气环围的巢床里；过的是水的生活，自在地潺潺流走；过的是云的生活，随意地袅袅卷舒。几十页几百页绝妙的诗和诗话，拿起来流水般当功课读的时候，是没有的了。如今不再干那愚拙，煞风景的事。如今便四行六行的小诗，也慢慢地拿起，反复吟诵，默然深思。

我爱听碎雪和微雨，我爱看明月和星辰。从前一切世俗的烦忧，占积了我的灵府。偶然一举目，偶然一倾耳，便忙忙又收回心来，没有一次任它奔放过。如今呢，我的心，我不知怎样形容它，它如蛾出茧，如鹰翔空……

碎雪和微雨在檐上，明月和星辰在栏旁，不看也得看，不听也得听，何况病中的我，应以他们为第二生命。病前的我，愿以他们为第二生命而不能的呢？

这故事的美妙，还不止此，——“一天还应在山上走几里路”，这句话从滑稽式的医士口中道出的时候，我不知应如何地欢呼赞美他！小朋友！漫游的生涯，从今开始了！

山后是森林仄径，曲曲折折地在日影掩映中引去，不知有多少远近。我只走到一端，有大岩石处为止。登在上面眺望，我看见满山高高下下的松树。每当我要缥缈深思的时候，我就走这一条路。独自低首行来，我听见干叶枯枝，嘁嘁喳喳在树巅相语。草上的薄冰，踏着沙沙有声。这时节，林影沉荫中，我凝然黯然，如有所戚。

山前是一层层的大山地，爽阔空旷，无边无限的满地朝阳。层场的尽处，就是一个大冰湖，环以小山高树，是此间小朋友们溜冰处。我最喜在湖上如飞地走过。每逢我要活泼天机的时候，我就走这一条路。我沐着微暖的阳光，在树根下坐地，举目望着无际的耀眼生花的银海。我想天地何其大，人类何其小。当归途中冰湖在我足下溜走的时候，清风过耳，我欣然超然，如有所得。

三年前的夏日在北京西山，曾写了一段小文字，我不十分记得了，大约是：

只有早晨的深谷中
可以和自然对语。
计划定了
岩石点头
草花欢笑。
造物者！
在我们星驰的前途
路站上
再遥遥地安置下

几个早晨的深谷！

原来，造物者为我安置下的几个早晨的深谷，却在离北京数万里外的沙穰，我何其“无心”，造物者何其“有意”？——我还忆起，有“空谷足音”，和杜甫的“绝代有佳人，幽居在空谷”的一首诗，我翻来覆去地背诵，只忆得“绝代有佳人，幽居在空谷；自云良家子，零落依草木……摘花不插鬓，采柏动盈掬……天寒翠袖薄，日暮倚修竹”这八句来。黄昏时又去了，那时想起的，有“前不见古人，后不见来者，念天地之悠悠，独怆然而涕下”。归途中又诵“云无心以出岫，鸟倦飞而知还。景翳翳以将入，抚孤松而盘桓。”小朋友，愿你们用心读古人书，他们常在一定的环境中，说出你心中要说的话！

春天已在云中微笑，将临到了。那时我更有温柔的消息，报告你们。我逐日远走开去，渐渐又发现了几处断桥流水。试想看，胸中无一事留滞，日日南北东西，试揭自然的帘幕，蹑足走入仙宫……

这样的病，这样的人生，小朋友，请为我感谢。我的生命中是只有祝福，没有咒诅！

安息的时候已到，卧看星辰去了。小朋友，我以无限欢喜的心，祝你们多福。

冰心

一九二四年一月十五日夜，沙穰

广厅上，四面绿帘低垂，几个女孩子，在一角窗前长椅上，低低笑语。一角话匣子里奏着轻婉的提琴。我在当中的方桌上，写这封信。一个女孩子坐在对面为我画像，她时时唤我抬头看她。我听一听提琴和人家的笑语，一面心潮缓缓流动，一面时时停笔凝神。写完时重读一过，觉得太无次序了，前言不对后语的。然而的确是欢乐的心泉流过的痕迹，不复整理，即付晚邮。

## 通讯十八

小朋友：

久违了，我亲爱的小朋友！记得许多日子不曾和你们通讯，这并不是我的本心。只因寄回的邮件，偶有迟滞遗失的时候。我觉得病中的我，虽能必写，而万里外的你们，不能必看。医生又劝我尽量休息，我索性就歇了下去。

自和你们通信，我的生涯中非病即忙。如今不得不趁病已去，忙未来之先，写一封长信给你们，补说从前许多的事。

愿意我从去年说起么？我知道小朋友是不厌听旧事的。但我也不能说得十分详细，只能就模糊记忆所及，说个大概，无非要接上这条断链。否则我忽然从神户飞到威尔斯利来，小朋友一定觉得太突兀了！

**一九二三年八月二十日　神户**

二十早晨就同许多人上岸去。远远地看见锚山上那个青草栽成的大锚，压在半山，青得非常得好看。

神户街市和中国的差不多。两旁的店铺，却比较的矮小。窗户间陈列的玩具和儿童的书，五光十色，极其夺目。许多小朋友围着看。日本小孩子的衣服，比我们的华灿，比较的引人注意。他们的圆白的小脸，乌黑的眼珠，浓厚的黑发，衬映着十分可爱。

几个山下的人家，十分幽雅，木墙竹窗，繁花露出墙头，墙外有小桥流水。——我们本想上山去看雌雄两谷，——是两处瀑布。往上走的时候，遇见奔走下山的船上的同伴，说时候已近了。我们恐怕船开，只得回到船上来。

上岸时大家纷纷到邮局买邮票寄信。神户邮局被中国学生塞满了。牵不断的离情！去国刚三日，便有这许多话要同家人朋友说么？

回来有人戏笑着说："白话有什么好处！我们同日本人言语不通，说英文有的人又不懂。写字吧，问他们'哪里最热闹？'他们瞠目莫知所答。问他们'何处最繁华？'却都恍然大悟，便指点我们以热闹的去处，你看！"我不觉笑了。

**二十一日　横滨**

黄昏时已近横滨。落日被白云上下遮住，竟是朱红的颜色，如同一盏日本的红纸灯笼，——这原是联想的关系。

不断的山，倚栏看着也很美。此时我曾用几个盛快镜胶片的锡筒，装了几张小纸条，封了口，投下海去，任它漂浮。纸上我写着：

“不论是哪个渔人捡着，都祝你幸运。我以东方人的至诚，祈神祝福你东方水上的渔人！”以及“我欲乘风归去，又恐琼楼玉宇，高处不胜寒！”等的话。

到了横滨，只算是一个过站，因为我们一直便坐电车到东京去。我们先到中国青年会，以后到一个日本饭店吃日本饭。那店名仿佛是“天香馆”，也记不清了。脱鞋进门，我最不惯，大家都笑个不住。侍女们都赤足，和她们说话又不懂，只能相视一笑。席地而坐，仰视墙壁窗户，都是木板的，光滑如拭。窗外阴沉，洁净幽雅得很。我们只吃白米饭、牛肉、干粉、小菜，很简单的。饭菜都很硬，我只吃一点就放下了。

饭后就下了很大的雨，但我们的游览，并不因此中止，却也不能从容，只汽车从雨中飞驰。如日比谷公园、博物馆等处，匆匆一过。只觉得游了六七个地方，都是上楼下楼，入门出门，一点印象也留不下。走马看花，雾里看花，都是看不清的，何况是雨中驰车，更不必说了。我又有点发热，冒雨更不可支，没有心力去浏览，只有两处，我记得很真切。

一是二重桥皇宫，隆然的小桥，白石的栏杆，一带河流之后，立着宫墙。忙中的脑筋，忽觉清醒，我走出车来拍照，远远看见警察走来，知要干涉，便连忙按一按机，又走上车去。——可惜是雨中照的，洗不出风景来，但我还将这胶片留下。听说地震后皇宫也颓坏了，我竟得于灾前一瞥眼，可怜焦土！

还有是游就馆中的中日战胜纪念品和壁上的战争的图画，周视之下，我心中军人之血，如泉怒沸。小朋友，我是个弱者，从不会抑制我自己感情之波动。我是没有主义的人，更显然的不是国家主义者，我虽那时竟血沸头昏，不由自主地坐了下去。但在同伴纷纷叹恨之中，我仍没有说一句话。

我十分歉仄，因为我对你们述说这一件事。我心中虽丰富地带着军人之血，而我常是喜爱日本人，我从来不存着什么屈辱与仇视。只是为着“正义”，我对于以人类欺压人类的事，我似乎不能忍受！

我自然爱我的弟弟，我们原是同气连枝的。假如我有吃不了的一块糖饼，他和我索要时，我一定含笑地递给他。但他若逞强，不由分说地和我争夺，为着“正义”，为着要引导他走“公理”的道路，我就要奋然地，怀着满腔的热爱来抵御，并碎此饼而不惜！

请你们饶恕我，对你们说这些神经兴奋的话！让这话在你们心中旋转一周吧。说与别人我担着惊怕，说与你们，我却千放心万放心，因为你们自有最天真最圣洁的断定。

五点钟的电车，我们又回到横滨舟上。

**二十三日　舟中**

发烧中又冒雨，今天觉得不舒服。同船的人大半都上岸去，我自己坐着守船。甲板上独坐，无头绪地想起昨天车站上的繁杂的木屐声，和前天船上礼拜，他们唱的《上帝保佑我母亲》之曲，心绪很杂乱不宁。日光又热，下看码头上各种小小的贸易，人声嘈杂，觉得头晕。

同伴们都回来了，下午船又启行。从此渐渐地不见东方的陆地了，再到海的尽头，再见陆地时，人情风土都不同了，为之怅然。

曾在此时，匆匆地写了一封信，要寄与你们，写完匆匆地拿着走出舱来，船已徐徐离岸。“此误又是十余日了！”我黯然地将此信投在海里。

那夜梦见母亲来，摸我的前额，说：“热得很，——吃几口药吧。”她手里端着药杯叫我喝，我看那药是黄色的水，一口气地喝完了，梦中觉得是橘汁的味儿。醒来只听得圆窗外海风如吼，翻身又睡着了。第二天热便退尽。

**二十四日以后　舟中**

四围是海的舟岛生活，很迷糊恍惚的，不能按日记事了，只略略说些吧。

同行二等三等舱中，有许多自俄赴美的难民，男女老幼有一百多人。俄国人是天然的音乐家，每天夜里，在最高层上，静听着他们在底下弹着琴儿。在海波声中，那琴调更是凄清错杂，如泣如诉。同是离家去国的人呵，纵使我们不同文字，不同言语，不同思想，在这凄美的快感里，恋别的情绪，已深深地交流了！

那夜月明，又听着这琴声，我迟迟不忍下舱去，披着毡子在肩上，聊御那泱泱的海风。船儿只管乘风破浪地一直地走，走向那素不相识的他乡。琴声中的哀怨，已问着我们，这般辛苦地载着万斛离愁同去同逝，为名？为利？为着何来？“问君何事轻离别，一年能几团圆月？”我自问已无话可答了！若不是人声笑语从最高层上下来，搅碎了我的情绪，恐怕那夜我要独立到天明！

同伴中有人发起聚敛食物果品，赠给那些难民的孩子。我们从中国学生及别的乘客之中，收聚了好些，送下二等舱去。他们中间小孩子很多，女伴们有时抱几个小的上来玩，极其可爱。但有一次，因此我又感到哀戚与不平。

有一个孩子，还不到两岁光景，最为娇小乖觉。他原不肯叫我抱，好容易用糖和饼，和发响的玩具，慢慢地哄了过来。他和我熟识了，放下来在地下走，他从软椅中间，慢慢走去，又回来扑到我的膝上。我们正在嬉笑，一抬头他父亲站在广厅的门边。想他不能过五十岁，而他的白发和脸上的皱纹，历历地写出了他生命的颠顿与不幸，看去似乎不止六十岁了。他注视着他的儿子，那双慈怜的眼光中，竟若含着眼泪。小朋友，从至情中流出的眼泪，是世界上最神圣的东西。晶莹的含泪的眼，是最庄严尊贵的画图！每次看见处女或儿童，悲哀或义愤的泪眼，妇人或老人，慈祥和怜悯的泪眼，两颗莹莹欲坠的泪珠之后，竟要射出凛然的神圣的光！小朋友，我最敬畏这个，见此时往往使我不敢抬头！

这一次也不是例外，我只低头扶着这小孩子走。头等舱中的女看护——是看护晕船的人们的——忽然也在门边发现了。她冷酷的目光，看着那俄国人，说：“是谁让你到头等舱里来的，走，走，快下去！”

这可怜的老人踟蹰了。无主仓皇的脸，勉强含笑，从我手中接过小孩子来，以屈辱抱歉的目光，看一看那看护，便抱着孩子疲缓地从扶梯下去。

是谁让他来的？任一个慈爱的父亲，都不肯将爱子交付一个陌生人，他是上来照看他的儿子的。我抱上这孩子来，却不能护庇他的父亲！我心中忽然非常的抑塞不平。只注视着那个胖大的看护，我脸上定不是一种怡悦的表情，而她却服罪地看我一笑。我四顾这厅中还有许多人，都像不在意似的。我下舱去，晚餐桌上，我终席未曾说一句话！

中国学生开了两次的游艺会，都曾向船主商量要请这些俄国人上来和我们同乐，都被船主拒绝了。可敬的中国青年，不愿以金钱为享受快乐的界限，动机是神圣的。结果虽毫不似预想，而大同的世界，原是从无数的尝试和奋斗中来的！

杰克逊船中的侍者，完全是中国广东人。这次船中头等乘客十分之九是中国青年，足予他们以很大的喜悦。最可敬的是他们很关心于船上美国人对于中国学生的舆论。船抵西雅图之前一两天，他们曾用全体名义，写一篇勉励中国学生为国家争气的话，揭帖在甲板上。文字不十分通顺，而词意真挚异常，我只记得一句，是什么：“漂洋过海广东佬”，是诉说他们自己的漂流，和西人的轻视。中国青年自然也很恳挚地回了他们一封信。

海上看不见什么，看落日其实也够有趣的了，不过这很难描写。我看见飞鱼，背上两只蝗虫似的翅膀。我看见两只大鲸鱼，看不见鱼身，只远远看见它们喷水。

此外还有什么可说的呢，船上生活，只像聚什么冬令会、夏令会一般，许多同伴在一起，走来走去，总走不出船的范围。除了几个游艺会、演说会之外，谈谈话，看看海，写写信，一天一天地渐渐过尽了。

横渡太平洋之间，平空多出一日，就是有两个八月二十八日。自此以后，我们所度的白日，和故国的不同了！乡梦中的乡魂，飞回故国的时候，我们的家人骨肉，正在光天化日之下，忙忙碌碌。别离的人！连魂来魂往，都不能相遇么？

**九月一日之后**

早晨抵维多利亚（Victoria），又看见陆地了。感想纷起！那日早晨的海上日出，美到极处。沙鸥群飞，自小岛边，绿波之上，轻轻地荡出小舟来。一夜不曾睡好，海风一吹，觉得微微怅惘。船上已来了摄影的人，逼我们在烈日下坐了许久，又是国旗，又是国歌地闹了半日。到了大陆上，就又有这许多世事！

船徐徐泛入西雅图（Seattle）。码头上许多金发的人，来回奔走，和登舟之日，真是不同了！大家匆匆地下得船来，到扶桥边，回头一望，杰克逊号邮船凝默地泊在岸旁。我无端黯然！从此一百六十九个青年男女，都成了漂泊的风萍。也是一番小小的酒阑人散！

西雅图是三山两湖围绕点缀的城市。连街衢的首尾，都起伏不平，而景物极清幽。这城五十年前还是荒野，如今竟修整得美好异常，可觇国民元气之充足。

匆匆地游览了湖山，赴了几个欢迎会，三号的夜车，便向芝加哥进发。

这串车是专为中国学生预备的，车上没有一个外人，只听得处处乡音。

**九月三日以后**

最有意思的是火车经过落基山，走了一日。四面高耸的乱山，火车如同一条长蛇，在山半徐徐蜿蜒。这时车后挂着一辆敞车，供我们坐眺。看着巍然的四围青郁的崖石，使人感到自己的渺小。我总觉得看山比看水滞涩些，情绪很抑郁的。

途中无可记，一站一站风驰电掣地过去，更留不下印象。只是过米西西比（The Mississippi）河桥时，微月下觉得很玲珑伟大。

七日早到芝加哥（Chicago），从车站上就乘车出游。那天阴雨，只觉得满街汽油的气味。街市繁盛处多见黑人。经过几个公园的花屋，是较清雅之处，绿意迎人。我终觉得芝加哥不如西雅图。而芝加哥的空旷处，比北京还多些青草！

夜住女青年会干事舍。夜中微雨，落叶打窗，令我抚然，寄家一片，我说：

几片落叶，报告我以芝加哥城里的秋风！今夜曾到电影场去，灯光骤明时，大家纷纷立起。我也想回家去，猛觉一身万里，家还在东流的太平洋水之外呢！

八日晨又匆匆登车，往波士顿进发。这时才感到离群。这辆车上除了我们三个中国女学生外，都是美国人了。

仍是一站一站匆匆地过去，不过此时窗外多平原，有时看见山畔的流泉，穿过山石野树之间，其声潺潺。

九日近午，到了春野（Springfield）时，连那两个女伴也握手下车去。小朋友，从太平洋西岸，绕到大西洋西岸的路程之末。女伴中只剩我一人了。

**九月九日以后**

九日午到了所谓美国文化中心的波士顿（Boston）。半个多月的旅行，才略告休息。

在威尔斯利大学（Wellesley College）开学以前，我还旅行了三天，到了绿野（Springfield）、春野等处，参观了几个男女大学，如侯立欧女子大学（Holyoke College）、斯密司女子大学（Smith College）、依默和司德大学（Amherst College）等，假期中看不见什么，只看了几座伟大的学校建筑。

途中我赞美了美国繁密的树林和平坦的道路。

麻撒出色省（Massachusetts）多湖，我尤喜在湖畔驰车。树影中湖光掩映，极其明媚。又有一天到了大西洋岸，看见了沙滩上游戏的孩子和海鸥，回来做了一夜的童年的梦。的确的，上海登舟，不见沙岸，神户横滨停泊，不见沙岸，西雅图终止，也不见沙岸。这次的海上，对我终是陌生的。反不如大西洋岸旁之一瞬，层层卷荡的海波，予我以最深的回忆与伤神！

**九月十七日以后 威尔斯利**

从此过起了异乡的学校生活。虽只过了两个多月，而慰冰湖及新的环境和我静中常起的乡愁，将我两个多月的生涯，装点得十分浪漫。

说也凑巧，我住在闭璧楼（Beebe Hall），闭璧楼和海竟有因缘！这座楼是闭璧约翰船主（Captain John Beebe）捐款所筑。因此厅中，及招待室、甬道等处，都悬挂的是海的图画。初到时久不得家书，上下楼之顷，往往呆立在平时堆积信件的桌旁，望了无风起浪的画中的海波，聊以慰安自己。

学校如同一座花园，一个个学生便是花朵。美国女生的打扮，确比中国的美丽。衣服颜色异常的鲜艳，在我这是很新颖的。她们的性情也活泼好交，不过交情更浮泛一些，这些天然是“西方的”！

功课的事，对你们说很无味。其余的以前都说过了。

小朋友，匆匆又已将周年，光阴过得何等的飞速？明知追写这些事时，要引起我的惆怅，但为着小朋友，我是十分情愿。而且不久要离此，在重受功课的束缚以前，我想到别处山陬海角，过一过漫游流转的生涯，以慰我半年闭居的闷损。趁此宁静的山中，只凭回忆，理清了欠你们的信债。叙事也许不真不详，望你们体谅我是初愈时的心思和精神，没有轻描淡写的力量。

此外曾寄《山中杂记》十则，与我的弟弟。想他们不久就转给你们。再见了，故国故乡的小朋友！再给你们写信的时候，我想已不在青山了。

愿你们平安！

冰心

一九二四年六月二十八日，沙穰

## 通讯二十二

亲爱的小读者：

每天黄昏独自走到山顶看日落，便看见戚叩落亚（Chocorua）的最高峰。全山葱绿，而峰上却稍赤裸，露出山骨。似乎太高了，天风劲厉，不容易生长树木。天边总统山脉（Presidential Range）中诸岭蜿蜒，华盛顿（Washington）、麦迭生（Madison）众山重叠相映。不知为何，我只爱看戚叩落亚。

餐桌上谈起来了，C夫人告诉我戚叩落亚是个美洲红人酋长，因情不遂，登最高峰上坠崖自杀。戚叩落亚山便因他命名。她说着又说她记忆不真，最好找一找书看看。我也以山势“英雄”而戚叩落亚死得太“儿女”为恨。今天从书架上取下一本书叫作《白岭》（*The White Mountains*）的，看了一遍。关于戚叩落亚的死因，与C夫人说的不同，我觉得这故事不妨说给小朋友听听！

书上说：“戚叩落亚可称为新英格兰一带最秀丽最堪入画之高山。”——新英格兰系包括美东Maine, N.H., Mass., R.I., Vermont, Conn.六省而言，是英国殖民初登岸处，故名。——“高三千五百四十尺，山上有泉，山间有河，山下有湖。新汉寿诸山之中，没有比它再含有美术的和诗的意味的了。

“戚叩落亚山是从一个红人酋长得名。这个酋长被白人杀死于是山的最高峰下。传说不一，一说在罗敷窝（Lovewell）一战之后，红人都向坎拿大退走，只有戚叩落亚留恋故乡和他祖宗的坟墓，不肯与族人同去。他和白人友善，特别地与一个名叫康璧（Campbell）的交好。戚叩落亚只有一个儿子，他一生的爱恋和希望，都倾注在这儿子身上。偶然有一次因着族人会议的事，他须到坎拿大去，他不忍使这儿子受长途风霜之苦，便将他交托给康璧，自己走了。他的儿子在康璧家中，备受款待。只一天，这孩子无意中寻到一瓶毒狐的药，他好奇心盛，一口气喝了下去。等到戚叩落亚回来，只得到他儿子死了葬了的消息！这误会的心碎的酋长，在他负伤的灵魂上，深深刻下了复仇的誓愿。这一天康璧从田间归来，看见他妻和子的尸身，纵横地倒在帐篷的内外，康璧狂奔出去寻觅戚叩落亚，在山巅将他寻见了。正在他发狂似的向白人诅咒的时候，康璧将他射死于最高峰下。

“又一说，戚叩落亚是红人族中的神觋。他的儿子与康璧相好，不幸以意外之灾死在康璧家里。以下的便与上文相同。

“又一说，戚叩落亚是个无罪无猜的红酋，对白人尤其和蔼。只因那时麻撒出色（Massachusetts）百姓，憎恶红人，在波士顿征求红人之首，每头颅报以百金。于是有一群猎者，贪图巨利，追逐这无辜的红酋，将他乱枪射死于最高峰下！

“英雄的戚叩落亚，在他将死未绝之时，张目扬齿，狂呼地诅咒说：‘灾祸临到你们了，白人呵！我愿巨灵在云间发声，其言如火，重重地降罚给你们。我戚叩落亚有一个儿子，而你们在光天化日之下，将他杀死！我愿闪电焚灼你们的肉体，愿暴风与烈火扫荡你们的居民！愿恶魔吹死气在你们的牛羊身上！愿你们的坟墓沦为红人的战场！愿虎豹狼虫吞噬你们的骨殖！我戚叩落亚如今到巨灵那里去，而我的诅咒却永远地追随着你们！’”

这故事于此终止了。书上说：“此后续来的移民，都不能安生居住，天灾人祸，相继而来；暴风雨，瘟疫，牛羊的死亡，红人的侵袭，岁岁不绝。然而在事实上，近山一带的居民，并未曾受红人之侵迫，只在此数十年中不能牧养牲畜，牛羊死亡相继。大家都归咎于戚叩落亚的诅词。后经科学者的试验，乃是他们饮用的水中，含有石灰质的缘故。

“戚叩落亚的坟墓，传说是在东南山脚下，但还没有确实寻到。”

每天黄昏独自走到山顶看日落，看夕阳自戚叩落亚的最高峰尖下坠，其红如火！连那十八世纪的老屋都隐在丛林之中时，大地上只山岭纵横，看不出一点文化文明之踪迹！这时我往往神游于数百年前，想此山正是束额插羽，奔走如飞的红人的世界。我微微地起了悲哀。红人身躯壮硕，容貌黝红而伟丽，与中国人种相似，只是不讲智力，受制被驱于白人，便沦于万劫不复之地！……

那天到康卫（Conway）去，在村店中买了一个小红泥人，金冠散发，首插绿羽，头上围着五色丝绦，腰间束带。我放他在桌上，给他起名叫戚叩落亚，纪念我对于戚叩落亚之追慕，及此次白岭之游。等到年终时节，我拟请他到中国一行，代我贺我母亲新春之喜。——匆此。

冰心

一九二四年八月六日，白岭

## 通讯二十三

冰季小弟：

这是清晨绝早的时候，朝日未出，朝露犹零，早餐后便又须离此而去。我以黯然的眼光望着白岭，却又不能不偷这匆匆言别的一早晨，写几个字给你。

只因昨夜在迢迢银河之侧，看见了织女星，猛忆起今天是故国的七月七夕，无数最甜柔的故事，最凄然轻婉的诗歌，以及应景的赏心乐事，都随此佳节而生。我远客他乡，把这些都睽违了，……这且不必管他！

我所要写的，是我们大家太缺少娱乐了。无精打采的娱乐，绝不能使人生润泽，事业进步。娱乐至少与工作有同等的价值，或者说娱乐是工作之一部分！

娱乐不是“消遣”。“消遣”两字的背后，隐隐地站着“无聊”。百无聊赖的时候，才有消遣；侘傺疾病的时候，才有消遣！对于国事，对于人生，灰心丧志的时候，才有消遣！试看如今一般人所谓的娱乐，是如何的昏乱，如何的无精打采？我决不以这等的娱乐为娱乐！真正的娱乐是应着真正的工作的要求而发生的，换言之，打起精神做真正的工作的人，才热烈地想望，或预备真正的娱乐！

当然地，中国人要有中国人的娱乐，我们有四千多年的故事、传说和历史。我们娱乐的时地和依据，至少比人家多出一倍。从新年说起吧，新年之后，有元宵。这千千万万的繁灯，作树下廊前的点缀，何等灿烂？舞龙灯更是小孩子最热狂、最活泼的游戏。三月三日是古人修禊节，也便是我们绝好的野餐时期。流觞曲水，不但仿古人余韵，而且有趣。清明扫墓，虽不焚化纸钱，也可训练小孩子一种恭肃静默的对先人的敬礼；假如清明植树能名实相副，每人每年在祖墓旁边，种一棵小树，不到十年，我们中国也到处有了葱蔚的山林。五月五是特别为小孩子的节期，花花绿绿的香囊，五色丝，大家打扮小孩子。一年中只是这几天，觉得街头巷尾的小孩子，加倍喜欢！这天又是龙舟节，出去泛舟，或是两个学校间的竞渡，也是极好的日子。七月七，是女儿节，只这名字已有无限的温柔！凉夜风静，秋星灿然。庭中陈设着小几瓜果，遍延女伴，轻悄谈笑，仰看双星缓缓渡桥。小孩子满握着煮熟的蚕豆，大家互赠，小手相握，谓之“结缘”。这两字又何其美妙？我每以为“缘”之意想，十分精微。“缘”之一字，十分难译，有天意，有人情，有死生流转，有地久天长。苏子瞻赠他的弟弟子由诗，有“与君世世为兄弟，更结来生未了因”。小弟弟，我今天以这两语从万里外遥赠你了！

八月十五中秋节，满月的银光之下，说着蟾蜍玉兔的故事，何其清切？九月九重阳节，古人登高的日子，我们正好有远足旅行，游览名胜。国庆日不必说，尤须庆祝一下子，只因我觉得除却政治机关及商店悬旗外，家庭中纪念这节期的，似乎没有！

往下不再细说了。翻开古书看一看，如《帝京景物志》之类，还可找出许多有意思可纪念的娱乐的日子来。我觉得中国的节期，都比人家的清雅，每一节期都附以温柔，高洁的故事，惊才绝艳的诗歌，甚至于集会时的食品用器，如五月五的龙舟、粽子，七月七的蚕豆，八月十五的月饼，以及各节期的说不尽的等等一切……我们是一点不必创造。招集小孩子，故事现成，食品现成，玩具现成，要编制歌曲，供小孩的戏唱，也有数不尽的古诗、古文、古词为蓝本。古人供给我们这许多美好的材料，叫我们有最高尚的娱乐，如我们仍不知领略享受，真是太对不起了！

破除迷信，是件极好的事。最可惜的是迷信破除了以后，这些美好的节期，也随着被大家冷淡了下去。我当然不是提倡迷信；偶像崇拜和小孩子扮演神仙故事，截然地是两件事！

不能多写了。朝日已出，厨娘已忙着预备早餐。在今晚日落之前，我便可在一个小海岛之上，你可猜想我是如何的喜欢！我看《诗经》，最爱的是："蒹葭苍苍，白露为霜，所谓伊人，在水一方……溯回从之，宛在水中央。"我最喜在"水中央"三字，觉得有说不出的飘荡与萦回！——自我开始旅行，除了日记及纸笔之外，半本书也没有带，引用各诗，也许错误，请你找找看。

预算在海上住到月圆时节，"海上生明月"的光景，我已预备下全副心情，供它动荡，那时如写得出，再写些信寄你。

你的姊姊

**一九二四年八月七日，白岭**

## 通讯二十九

最亲爱的小读者：

我回家了！这"回家"二字中我迸出了感谢与欢欣之泪！三年在外的光阴，回想起来，曾不如流波之一瞥。我写这信的时候，小弟冰季守在旁边。窗外，红的是夹竹桃，绿的是杨柳枝，衬以北京的蔚蓝透彻的天。故乡的景物，一一回到眼前来了！

小朋友！你若是不曾离开中国北方，不曾离开到三年之久，你不会赞叹欣赏北方蔚蓝的天！清晨起来，揭帘外望，这一片海波似的青空，有一两堆洁白的云，疏疏地来往着，柳叶儿在晓风中摇曳，整个地送给你一丝丝凉意。你觉得这一种“冷处浓”的幽幽的乡情，是异国他乡所万尝不到的！假如你是一个情感较重的人，你会兴起一种似欢喜非欢喜，似怅惘非怅惘的情绪。站着痴望了一会子，你也许会流下无主、皈依之泪！

在异国，我只遇见了两次这种的云影天光。一次是前年夏日在新汉寿（New Hampshire）白岭之巅。我午睡乍醒，得了英伦朋友的一封书，是一封充满了友情别意，并描写牛津景物写到引人入梦的书。我心中杂糅着怅惘与欢悦，带着这信走上山巅去，猛然见了那异国的蓝海似的天！四围山色之中，这油然一碧的天空，充满了一切。漫天匝地的斜阳，酿出西边天际一两抹的绛红深紫。这颜色须臾万变，而银灰，而鱼肚白，倏然间又转成灿然的黄金。万山沉寂，因着这奇丽的天末的变幻，似乎太空有声！如波涌，如鸟鸣，如风啸，我似乎听到了那夕阳下落的声音。这时我骤然间觉得弱小的心灵被这伟大的印象，升举到高空，又倏然间被压落在海底！我觉出了造化的庄严，一身之幼稚，病后的我，在这四周艳射的景象中，竟伏于纤草之上，呜咽不止！

还有一次是今年春天，在华京（Washington D. C.）之一晚。我从枯冷的纽约城南行，在华京把“春”寻到！在和风中我坐近窗户，那时已是傍晚，这国家妇女会（National Women’s Party）舍，正对着国会的白楼。半日倦旅的眼睛，被这楼后的青天唤醒！海外的小朋友！请你们饶恕我，在我倏忽地惊叹了国会的白楼之前，两年半美国之寄居，我不曾觉出她是一个庄严的国度！

这白楼在半天矗立着，如同一座玲珑洞开的仙阁。被楼旁的强力灯逼射着，更显得出那楼后的青空。两旁也是伟大的白石楼舍。楼前是极宽阔的白石街道。雪白的球灯，整齐地映照着。路上行人，都在那伟大的景物中，寂然无声。这种天国似的静默，是我到美国以来第一次寻到的。我寻到了华京与北京相同之点了！

我突起的乡思，如同一个波澜怒翻的海！把椅子推开，走下这一座万静的高楼，直向大图书馆走去。路上我觉得有说不出的愉快与自由。杨柳的新绿，摇曳着初春的晚风。熟客似的，我走入大阅书室，在那里写着日记。写着忽然忆起陆放翁的“唤作主人元是客，知非吾土强登楼”的两句诗来。细细咀嚼这“唤”字和“强”字的意思，我的意兴渐渐地萧索了起来！

我合上书，又洋洋地走了出去。出门来一天星斗。我长吁一口气。——看见路旁一辆手推的篷车，一个黑人在叫卖炒花生栗子。我从病后是不吃零食的，那时忽然走上前去，买了两包。那灯下黝黑的脸，向我很和气地一笑，又把我强寻的乡梦搅断！我何尝要吃花生栗子？无非要强以华京作北京而已！

写到此我腕弱了，小朋友，我觉得不好意思告诉你们，我回来后又一病逾旬，今晨是第一次写长信。我行程中本已憔悴困顿，到家后心里一松，病魔便乘机而起。我原不算是十分多病的人，不知为何，自和你们通讯，我生涯中便病忙相杂，这是怎么说的呢！

故国的新秋来了。新愈的我，觉得有喜悦的萧瑟！还有许多话，留着以后说吧，好在如今我离着你们近了！

你热情忠实的朋友，在此祝你们的喜乐！

冰心

一九二六年八月三十一日，圆恩寺

# 再寄小读者[1]

## 通讯一

亲爱的小朋友：

今天真是和你们重新通讯的光明的开始，山头满了阳光，日影从深密的松林中，穿射过来，幻成几根迷镑的光柱。晴光中，一双翠鸟，低贴着潭水飞来，娇婉地叫了几声，又掠入满缀着红豆的天青丛里。岩下远近的青峰，隔着淡淡的云影，稳静地重叠地排立着。嘉陵江，绿锦似的，宛宛地向东牵引。隔江的山城，无数淡白的屋顶，错杂地隐在淡雾里。眼前一切，都显出安静、光明和欢喜。

这正是象征着我这时的心境！自从民国十二年开始和小朋友通讯，一转眼又是二十年了。在这两次通讯中间，我又以活跃的童心，走了一大段充满了色、光、热的生命的旅途。

---

① 本组散文是抗日战争时期，冰心在《寄小读者》发表二十年后，重新与小读者做交流的一组通讯。这段时期冰心移居重庆。

我做了教师，做了主妇，又做了母亲。我多读了几本书，多认识了几个朋友，多走了几万里国内国外的道路。这二十年的生命中虽没有什么巨惊大险，极痛狂欢，而在我小小的心灵里，也有过晓晴般的怡悦，暮烟般的怅惘，中宵梵唱般的感悟，清晨鼓角般的奋兴。许多事实，许多心绪，可以告诉给我的最同情的小朋友的，容我在以后的通讯里，慢慢地来陈述。

小朋友，这些年里，我收到你们许多信件，细小端楷的字迹，天真诚挚的言词，每次开函，都使我有无限的感谢和欢喜。为了这些信件，这几年来，我在病榻上，索居中，旅途里，永远不曾感到寂寞，因为我知道有这许多颗天真纯洁的心，南北东西地在包围追随着我！

因此，在民国三十二年元旦，我借了大公报的篇幅，来开始答谢我的小读者。这通讯将不断地继续下去，希望因着更多的经验，我所能贡献给小朋友的，比从前可以更宽广深刻一些。

愿这第一封信，将我的开朗欢悦的心情，带给每个小读者！

愿抗战后的第六个新年，因着你们，而更加快乐，更见光明！

你的朋友　冰心

一九四二年十二月十二日，歌乐山

## 通讯二

小朋友：

今天让我们来谈“友谊”。

友谊是人我关系中最可宝贵的一段因缘——朋友虽列于五伦之末，而朋友的范围却包括得最广，你的君，臣（现在可以说是领袖、上司），父，子，兄，弟，夫，妇，同时都可以是你的朋友。

朋友是不分国籍，不限年龄，不拘性别的；只要理想相同，兴趣相近，情感相洽，意气相投的人，都可以很坚固地联结在一起。世界上有多少崇高理想的实现，艰巨事业的创立，伟大艺术的产生，都是一班志同道合的朋友，共同努力，相互切磋的结果。这种例子，在中外古今的历史上，是到处可以找到的。

同时，不但相似相同的人格，容易成为朋友，而朋友往往还是你空虚的填满，缺憾的补足，心灵的加深——你自己率直豪爽，你更佩服你朋友的谦退深沉；你自己热情好动，你更欣赏你朋友的冲淡静默；你自己多愁善病，你更羡慕你朋友的健硕欢欣。各种不同的人格，如同琴瑟上不同的弦子，和谐合奏，就能发出天乐般悦耳的共鸣。

交友是一种艺术。

热情、活泼而富于同情心的人，常常能吸引许多朋友，而磁石只吸引着钢铁，月亮只吸引着海潮。

你能择友，则你的朋友将加倍地宝贵你的友情。

不要只想你能从朋友那里得到什么，也要想你的朋友能从你这里得到什么。

肯耕种的才有收获，能贡献的才配接受。

友谊是宁神药，是兴奋剂。

使你堕落、消沉的，不是你的好朋友。

同时也要警惕，你是否在使你的朋友奋兴、向上？

友谊是大海中的灯塔，沙漠里的绿洲。

当你的心帆漂流于“理”“欲”的三叉江口，波涛汹涌，礁石嶙峋，你要寻望你朋友的一点隐射的灵光，来照临，来指引。当你颠顿在人生枯燥炎热的旅途上，你的辛劳，你的担负，得不到一些酬报和支持的时候，你要奔憩在你朋友的亭亭绿荫之下，就饮于荡涤烦秽的甘泉。

古人有句说“最难风雨故人来”，——不但气候上有风雨，心灵上也有风雨！

你的心灵曾否走失于空山荒野之中，风吹雨打，四顾茫茫，忽然有你的朋友，开启了“同情”的柴扉，延请你进入他“爱”的茅庐，卸去你劳苦的蓑衣，拭去你脸上的泪雨，而把你推坐在“友情”的温暖炉火之前。

同时你也要常常开着同情的心门，生起友爱的炉火，在屋前瞭望。

友谊中只有快乐，只有慰安，只有奋兴，只有连结。

友谊中虽然也有痛苦，古人的诗文中，不少伤逝惜别之句，然而友谊是不死的，友谊是不因离别而断隔的。“海内存知己，天涯若比邻”“得一知己，可以无恨”，这痛苦里是没有“寂寞”的，因为我们已经享有了那些朋友的友情！“寂寞”——心灵上的孤独，才是世界上最可怕的东西！

小朋友，在人生路上，我们虽然是孤身启程，而沿途却逐渐加入了许多同行的好伴，形成了一个整齐的队伍，并肩携手，载欣载奔，使我们克服了世路的险峻崎岖，忘却了长行的疲乏劳顿，我们要如何感谢人世间有这一种关系，这一段因缘？

愿你们永远是我的好朋友，假如我配，就请你们也让我做你们的好朋友。

冰心

一九四二年十二月二十二日，重庆

## 通讯三

亲爱的小朋友：

昨夜还看见新月，今晨起来，却又是浓阴的天！空山万静，我生起一盆炭火，掩上斋门，在窗前桌上，供上腊梅一枝，名香一炷，清茶一碗，自己扶头默坐，细细地来忆念我的母亲。

今天是旧历腊八，从前是我的母亲忆念她的母亲的日子，如今竟轮到我了。

母亲逝世，今天整整十三年了，年年此日，我总是出外排遣，不敢任自己哀情地奔放。今天却要凭着“冷”与“静”，来细细地忆念我至爱的母亲。

十三年以来，母亲的音容渐远渐淡，我是如同从最高峰上，缓步下山，但每一驻足回望，只觉得山势愈巍峨，山容愈静穆，我知道我离山愈远，而这座山峰，愈会无限度地增高的。

激荡的悲怀，渐归平靖，十几年来涉世较深，阅人更众，我深深地觉得我敬爱她，不只因为她是我的母亲，实在因为她是我平生所遇到的，最卓越的人格。

她一生多病，而身体上的疾病，并不曾影响她心灵的健康。她一生好静，而她常是她周围一切欢笑与热闹的发动者。

她不曾进过私塾或学校，而她能欣赏旧文学，接受新思想；她一生没有过多余的财产，而她能急人之急，周老济贫。她在家是个娇生惯养的独女，而嫁后在三四十口的大家庭中，能敬上怜下，得每一个人的敬爱。在家庭布置上，她喜欢整齐精美，而精美中并不显出骄奢。在家人衣着上，她喜欢素淡质朴，而质朴里并不显出寒酸。她对子女婢仆，从没有过疾言厉色，而一家人都翕然地敬重她的言词。她一生在我们中间，真如父亲所说的，是“清风入座，明月当头”，这是何等有修养，能包容的伟大的人格呵！

十几年来，母亲永恒地生活在我们的忆念之中。我们一家团聚，或是三三两两地在一起，常常有大家忽然沉默的一刹那，虽然大家都不说出什么，但我们彼此晓得，在这一刹那的沉默中，我们都在痛忆着母亲。

我们在玩到好山水时想起她，读到一本好书时想起她，听到一番好谈话时想起她，看到一个美好的人时，也想起她——假如母亲尚在，和我们一同欣赏，不知她要发怎样美妙的议论？要下怎样精确的批评？我们不但在快乐的时候想起她，在忧患的时候更想起她，我们爱惜她的身体，抗战以来的逃难，逃警报，我们都想假如母亲仍在，她脆弱的身躯，决受不起这样的奔波与惊恐，反因着她的早逝，而感谢上天。但我们也想到，假如母亲尚在，不知她要怎样热烈，怎样兴奋，要给我们以多大的鼓励与慰安——但这一切，现在都谈不到了。

在我一生中，母亲是最用精神来慰励我的一个人。十几年“教师”“主妇”“母亲”的生活中，我也就常用我的精神去慰励别人。而在我自己疲倦、烦躁、颓丧的时候，心灵上就会感到无边的迷惘与空虚！我想：假如母亲尚在，纵使我不发一言，只要我能倚在她的身旁，伏在她的肩上，闭目宁神在她轻轻的摩抚中，我就能得到莫大的慰安与温暖，我就能再有勇气，再有精神去应付一切，但是：十三年来这种空虚，竟无法填满了，悲哀，失母的悲哀呵！

一朵梅花，无声地落在桌上。香尽，茶凉！炭火也烧成了灰，我只觉得心头起栗，站起来推窗外望，一片迷茫，原来雾更大了！雾点凝聚在松枝上。千百棵松树，千万条的松针尖上，挑着千万颗晶莹的泪珠……

恕我不往下写吧，——有母亲的小朋友，愿你永远生活在母亲的恩慈中。没有母亲的小朋友，愿你母亲的美华永远生活在你的人格里！

你的朋友　冰心

一九四三年一月三日，歌乐山

## 通讯四

亲爱的小朋友：

一位从军的小朋友，要我谈生命，这问题很费我思索。

我不敢说生命是什么，我只能说生命像什么。

生命像向东流的一江春水，它从最高处发源，冰雪是它的前身。它聚集起许多细流，合成一股有力的洪涛，向下奔注，它曲折地穿过了悬岩削壁，冲倒了层沙积土，挟卷着滚滚的沙石，快乐勇敢地流走，一路上它享乐着它所遭遇的一切——

有时候它遇到巉岩前阻，它愤激地奔腾了起来，怒吼着，回旋着，前波后浪地起伏催逼，直到它涌过了，冲倒了这危崖，它才心平气和地一泻千里。

有时候它经过了细细的平沙，斜阳芳草里，看见了夹岸红艳的桃花，它快乐而又羞怯，静静地流着，低低地吟唱着，轻轻地度过这一段浪漫的行程。

有时候它遇到暴风雨，这激电，这迅雷，使它心魂惊骇，疾风吹卷起它，大雨击打着它，它暂时浑浊了，扰乱了，而雨过天晴，只加给它许多新生的力量。

有时候它遇到了晚霞和新月，向它照耀，向它投影，清冷中带些幽幽的温暖：这时它只想憩息，只想睡眠，而那股前进的力量，仍催逼着它向前走……

终于有一天，它远远地望见了大海，呵！它已到了行程的终结，这大海，使它屏息，使它低头。她多么辽阔，多么伟大！多么光明，又多么黑暗！大海庄严地伸出臂儿来接引它。它一声不响地流入她的怀里。它消融了，归化了，说不上快乐，也没有悲哀！

也许有一天，它再从海上蓬蓬的雨点中升起，飞向西来，再形成一道江流，再冲倒两旁的石壁，再来寻夹岸的桃花。

然而我不敢说来生，也不敢信来生！

生命又像一棵小树，它从地底里聚集起许多生力，在冰雪下欠伸，在早春润湿的泥土中，勇敢快乐地破壳出来。它也许长在平原上，岩石中，城墙里，只要它抬头看见了天，呵，看见了天！它便伸出嫩叶来吸收空气，承受日光，在雨中吟唱，在风中跳舞。它也许受着大树的荫遮，也许受着大树的覆压，而它青春生长的力量，终使它穿枝拂叶地挣脱了出来，在烈日下挺立抬头！

它过着骄奢的春天，它也许开出满树的繁花，蜂蝶围绕着它飘翔喧闹，小鸟在它枝头欣赏唱歌，它会听见黄莺清吟，杜鹃啼血，也许还听见枭鸟的怪噪。

它长到最茂盛的中年，它伸展出它如盖的浓荫，来荫庇树下的幽花芳草，它结出累累的果实，来呈现大地无尽的甜美与芳馨。

秋风起了，将它的叶子，由浓绿吹到绯红，秋阳下它再有一番的庄严灿烂，不是开花的骄傲，也不是结果的快乐，而是成功后的宁静的怡悦！

终于有一天，冬天的朔风，把它的黄叶干枝，卷落吹抖，它无力地在空中旋舞，在根下呻吟。大地庄严地伸出手儿来接引它，它一声不响地落在她的怀里。它消融了，归化了，它说不上快乐，也没有悲哀！

也许有一天，它再从地下的果仁中，破裂了出来，又长成一棵小树，再穿过丛莽的严遮，再来听黄莺的歌唱。

然而我不敢说来生，也不敢信来生。

宇宙是一个大生命，我们是宇宙大气中之一息。江流入海，叶落归根，我们是大生命中之一叶，大生命中之一滴。

在宇宙的大生命中，我们是多么卑微，多么渺小，而一滴一叶，也有它自己的使命！

要知道：生命的象征是活动，是生长，一滴一叶的活动生长，合成了整个宇宙的进化运行。

要记住：不是每一道江流都能入海，不流动的便成了死湖；不是每一粒种子都能成树，不生长的便成了空壳！

生命中不是永远快乐，也不是永远痛苦，快乐和痛苦是相生相成的。等于水道要经过不同的两岸，树木要经过常变的四时。

在快乐中我们要感谢生命，在痛苦中我们也要感谢生命。快乐固然兴奋，苦痛又何尝不美丽？我曾读到一个警句，是："愿你生命中有够多的云翳，来造成一个美丽的黄昏。"——（May there be enough clouds in your life to make a beautiful sunset.）

世界、国家和个人生命中的云翳，没有比今天再多的了。

小朋友，我们愿不愿意有一个成功后快乐的回忆，就是这位诗人所谓之"美丽的黄昏"？

祝福你的朋友　冰心

**一九四四年十二月一日，雨夜，歌乐山**

# 我的自传

写到这里，

我觉得我渐渐地进入了角色！

这营房、旗台、炮台、码头，

和周围的海边山上，

是我童年初期活动的舞台。

# 我的故乡

我生于一九〇〇年十月五日（农历庚子年闰八月十二日），七个月后我就离开了故乡——福建福州。但福州在我的心里，永远是我的故乡，因为它是我的父母之乡。我从父母亲口里听到的极其琐碎而又极其亲切动人的故事，都是以福州为背景的。

我母亲说，我出生在福州城内的隆普营。这所祖父租来的房子里，住着我们的大家庭，院里有一个池子，那时福州常发大水，水大的时候，池子里的金鱼都游到我们的屋里来。

我的祖父谢子修（銮恩）老先生，是个教书匠，在城内的道南祠授徒为业。他是我们谢家第一个读书识字的人。我记得在我十一岁那年（一九一一年），从山东烟台回到福州的时候，在祖父的书架上，看到薄薄的一本套红印的家谱。第一位祖父是昌武公，以下是顺云公、以达公，然后就是我的祖父。上面仿佛还讲我们谢家是从江西迁来的，是晋朝谢安的后裔。但是在一个清静的冬夜，祖父和我独对的时候，他忽然摸着我的头说："你是我们谢家第一个正式上学读书的女孩子，你一定要好好地读呵。”说到这里，他就原原本本地讲起了我们贫寒的家世！原来我的曾祖父以达公，是福建长乐县横岭乡的一个贫农，因为天灾，逃到了福州城里学做裁缝。这和我们现在遍布全球的第一代华人一样，都是为祖国的天灾人祸所迫，漂洋过海，靠着不用资本的三把刀，剪刀（成衣业）、厨刀（饭馆业）、剃刀（理发业）起家的，不过我的曾祖父还没有逃得那么远！

那时做裁缝的是一年三节，即春节、端午节、中秋节，才可以到人家去要账。这一年的春节，曾祖父到人家要钱的时候，因为不认得字，被人家赖了账，他两手空空垂头丧气地回到家里，等米下锅的曾祖母听到这不幸的消息，沉默了一会，就含泪走了出去，半天没有进来。曾祖父出去看时，原来她已在墙角的树上自缢了！他连忙把她解救了下来，两人抱头大哭；这一对年轻的农民，在寒风中跪下对天立誓：将来如蒙天赐一个儿子，拼死拼活，也要让他读书识字，好替父亲记账、要账。但是从那以后我的曾祖母却一连生了四个女儿，第五胎才来了一个男的，还是难产。这个难得出生的男孩，就是我的祖父谢子修先生，乳名“大德”的。

这段故事，给我的印象极深，我的感触也极大！假如我的祖父是一棵大树，他的第二代就是树枝，我们就都是枝上的密叶；叶落归根，而我们的根，是深深地扎在福建横岭乡的田地里的。我并不是“乌衣门第”出身，而是一个不识字、受欺凌的农民裁缝的后代。曾祖父的四个女儿，我的祖姑母们，仅仅因为她们是女孩子，就被剥夺了读书识字的权利！当我把这段意外的故事，告诉我的一个堂哥哥的时候，他却很不高兴地问我是听谁说的？当我告诉他这是祖父亲口对我讲的时候，他半天不言语，过了一会才悄悄地吩咐我，不要把这段故事再讲给别人听。当下，我对他的“忘本”和“轻农”就感到极大的不满！从那时起，我就不再遵守我们谢家写籍贯的习惯。我写在任何表格上的籍贯，不再是祖父“进学”地点的“福建闽侯”，而是“福建长乐”，以此来表示我的不同意见！

我这一辈子，到今日为止，在福州不过前后待了两年多，更不用说长乐县的横岭乡了。但是我记得在一九一一年到一九一二年之间我们在福州的时候，横岭乡有几位父老，来邀我的父亲回去一趟。他们说横岭乡小，总是受人欺侮，如今族里出了一个军官，应该带几个兵勇回去夸耀夸耀。父亲恭敬地说，他可以回去祭祖，但是他没有兵，也不可能带兵去。我还记得父老们送给父亲一个红纸包的见面礼，那是一百个银角子，合起来值十个银元。父亲把这一个红纸包退回了，只跟父老们到横岭乡去祭了祖。一九二〇年前后，我在北京《晨报》写过一篇叫作《还乡》的短篇小说，就讲的是这个故事。现在这张剪报也找不到了。

从祖父和父亲的谈话里，我得知横岭乡是极其穷苦的。农民世世代代在田地上辛勤劳动，过着蒙昧贫困的生活，只有被卖去当“戏子”，才能逃出本土。当我看到那包由一百个银角子凑成的“见面礼”时，我联想到我所熟悉的山东烟台东山金钩寨的穷苦农民来，我心里涌上了一股说不出来难过的滋味！

我很爱我的祖父，他也特别地爱我，一来因为我不常在家，二来因为我虽然常去看书，却从来没有翻乱他的书籍，看完了也完整地放回原处。一九一一年我回到福州的时候，我是时刻围绕在他的身边转的。那时我们的家是住在“福州城内南后街杨桥巷口万兴桶石店后”。这个住址，现在我写起来还非常地熟悉、亲切，因为自从我会写字起，我的父母亲就时常督促我给祖父写信，信封也要我自己写。这所房子很大，住着我们大家庭的四房人。祖父和我们这一房，就住在大厅堂的两边，我们这边的前后房，住着我们一家六口，祖父的前后房，只有他一个人，和满屋满架的书，那里成了我的乐园，我一得空就钻进去翻书看。我所看过的书，给我的印象最深的是清袁枚（子才）的笔记小说《子不语》，还有我祖父的老友林纾（琴南）老先生翻译的线装的法国名著《茶花女遗事》。这是我以后竭力搜求“林译小说”的开始，也可以说是我追求阅读西方文学作品的开始。

我们这所房子，有好几个院子，但它不像北方的“四合院”的院子，只是在一排或一进屋子的前面，有一个长方形的“天井”，每个“天井”里都有一口井，这几乎是福州房子的特点。这所大房里，除了住人的以外，就是客室和书房。几乎所有的厅堂和客室、书房的柱子上墙壁上都贴着或挂着书画。正房大厅的柱子上有红纸写的很长的对联，我只记得上联的末一句是“江左风流推谢傅”，这又是对晋朝谢太傅攀龙附凤之作，我就不屑于记它！但这些挂幅中的确有许多很好很值得记忆的，如我的伯叔父母居住的东院厅堂的楹联，就是：

海阔天高气象

风光月霁襟怀

又如西院客室楼上有祖父自己写的：

知足知不足

有为有弗为

这两副对联，对我的思想教育极深。祖父自己写的横幅，更是到处都有。我只记得有在道南祠种花诗中的两句：

花花相对叶相当

红紫青蓝白绿黄

在西院紫藤书屋的过道里还有我的外叔祖父杨维宝（颂岩）老先生送给我祖父的一副对联是：

有子才如不羁马

知君身是后凋松

那几个字写得既圆润又有力！我很喜欢这一副对子，因为“不羁马”夸奖了他的侄婿，我的父亲，“后凋松”就称赞了他的老友，我的祖父！

从“不羁马”应当说到我的父亲谢葆璋（镜如）了。他是我祖父的第三个儿子。我的两个伯父，都继承了我祖父的职业，做了教书匠。在我父亲十七岁那年，正好祖父的朋友严复（幼陵）老先生，回到福州来招海军学生，他看见了我的父亲，认为这个青年可以“投笔从戎”，就给我父亲出了一道诗题，是“月到中秋分外明”，还有一道八股的破题。父亲都做出来了。在一个穷教书匠的家里，能够有一个孩子去当“兵”领饷，也还是一件好事，于是我的父亲就穿上一件用伯父们的两件长衫和半斤棉花缝成的棉袍，跟着严老先生到天津紫竹林的水师学堂，去当了一名驾驶生。

父亲大概没有在英国留过学，但是作为一名巡洋舰上的青年军官，他到过好几个国家，如英国、日本。我记得他曾气愤地对我们说：“那时堂堂一个中国，竟连一首国歌都没有！我们到英国去接收我们中国购买的军舰，在举行接收典礼仪式时，他们竟奏一首《妈妈好糊涂》的民歌调子，作为中国的国歌，你看！”

甲午中日海战之役，父亲是“威远”舰上的枪炮二副，参加了海战。这艘军舰后来在威海卫被击沉了。父亲泅到刘公岛，从那里又回到了福州。

我的母亲常常对我谈到那一段忧心如焚的生活。我的母亲杨福慈，十四岁时她的父母就相继去世，跟着她的叔父颂岩先生过活，十九岁嫁到了谢家。她的婚姻是在她九岁时由我的祖父和外祖父作诗谈文时说定的。结婚后小夫妻感情极好，因为我父亲长期在海上生活，“会少离多”，因此他们通信很勤，唱和的诗也不少。我只记得父亲写的一首七绝中的三句：

××××××× ，
此身何事学牵牛，
燕山闽海遥相隔，
会少离多不自由。

甲午海战爆发后，因为海军里福州人很多，阵亡的也不少，因此我们住的这条街上，今天是这家糊上了白纸的门联，明天又是那家糊上白纸门联。母亲感到这副白纸门联，总有一天会糊到我们家的门上！她悄悄地买了一盒鸦片烟膏，藏在身上，准备一旦得到父亲阵亡的消息，她就服毒自尽。祖父看到了母亲沉默而悲哀的神情，就让我的两个堂姐姐，日夜守在母亲身旁。家里有人还到庙里去替我母亲求签，签上的话是：

筵已散，
堂中寂寞恐难堪，

若要重欢，

除是一轮月上。

母亲半信半疑地把签纸收了起来。过了些日子，果然在一个明月当空的夜晚，听到有人敲门，母亲急忙去开门时，月光下看见了辗转归来的父亲！母亲说：“那时你父亲的脸，才有两个指头那么宽！”

从那时起，这一对年轻夫妻，在会少离多的六七年之后，才厮守了几个月。那时母亲和她的三个妯娌，每人十天替大家庭轮流做饭，父亲便帮母亲劈柴、生火、打水，做个下手。不久，海军名宿萨鼎铭（镇冰）将军，就来了一封电报，把我父亲召出去了。

一九一二年，我在福州时期，考上了福州女子师范学校预科，第一次过起了学校生活。头几天我还很不惯，偷偷地流过许多眼泪，但我从来没有对任何人说过，怕大家庭里那些本来就不赞成女孩子上学的长辈们，会出来劝我辍学！但我很快地就交上了许多要好的同学。至今我还能顺老师上班点名的次序，背诵出十几个同学的名字。福州女师的地址，是在城内的花巷，是一所很大的旧家第宅，我记得我们课堂边有一个小池子，池边种着芭蕉。学校里还有一口很大的池塘，池上还有一道石桥，连接在两处亭馆之间。我们的校长是黄花岗七十二烈士之一的方声洞先生的姐姐，方君瑛女士。我们的作文老师是林步瀛先生。在我快离开女师的时候，还来了一位教体操的日本女教师，姓石井的，她的名字我不记得了。我在这所学校只读了三个学期，中华民国成立后，海军部长黄钟瑛（赞侯），又来了一封电报，把父亲召出去了。不久，我们全家就到了北京。

我对于故乡的回忆，只能写到这里，十几年来，我还没有这样地畅快挥写过！我的回忆像初融的春水，涌溢奔流。十几年来，睡眠也少了，“晓枕心气清”，这些回忆总是使人欢喜而又惆怅地在我心头反复涌现。这一幕一幕的图画或文字，都是我的弟弟们没有看过或听过的，即使他们看过听过，他们也不会记得、懂得的，更不用说我的第二代、第三代了。我有时想如果不把这些写记下来，将来这些图文就会和我的刻着印象的头脑一起消失。这是否可惜呢？但我同时又想，这些都是关于个人的东西，不留下或被忘却也许更好。这两种想法在我心里矛盾了许多年。

一九三六年冬，我在英国的伦敦，应英国女作家弗吉尼亚·沃尔夫（Virginia Wolf）之约，到她家喝茶。我们从伦敦的雾，中国和英国的小说、诗歌，一直谈到当时英国的英王退位和中国的西安事变。她忽然对我说：“你应该写一本自传。”我摇头笑说：“我们中国人没有写自传的风习，而且关于我自己也没有什么可写的。”她说：“我倒不是要你写自己，而是要你把自己作为线索，把当地的一些社会现象贯穿起来，即使是关于个人的一些事情，也可作为后人参考的史料。”我当时没有说什么，谈锋又转到别处去了。

事情过去四十三年了，今天回想起来，觉得她的话也有些道理。“思想再解放一点”，我就把这些在我脑子里反复呈现的图画和文字，奔放自由地写在纸上。

记得在半个世纪之前，在我写《往事》（之一）的时候，曾在上面写过这么几句话：

索性凭着深刻的印象，
将这些往事
移在白纸上吧——
再回忆时
不向心版上搜索了！

这几句话，现在还是可以应用的。把这些图画和文字，移在白纸上之后，我心里的确轻松多了！

一九七九年二月十一日

# 我的童年

我生下来七个月，也就是一九〇一年的五月，就离开我的故乡福州，到了上海。

那时我的父亲是“海圻”巡洋舰的副舰长，舰长是萨镇冰先生。巡洋舰“海”字号的共有四艘，就是“海圻”“海筹”“海琛”“海容”，这几艘军舰我都跟着父亲上去过。听说还有一艘叫作“海天”的，因为舰长驾驶失误，触礁沉没了。

上海是个大港口，巡洋舰无论开到哪里，都要经过这里停泊几天，因此我们这一家便搬到上海来，住在上海的昌寿里。这昌寿里是在上海的哪一区，我就不知道了，但是母亲所讲的关于我很小时候的故事，例如我写在《寄小读者》通讯（十）里面的一些，就都是以昌寿里为背景的。我关于上海的记忆，只有两张相片作为根据，一张是父亲自己照的：年轻的母亲穿着沿着阔边的衣裤，坐在一张有床架和帐帽的床边上，脚下还摆着一个脚炉，我就站在她的身旁，头上是一顶青绒的帽子，身上是一件深色的棉袍。父亲很喜欢玩些新鲜的东西，例如照相，我记得他的那个照相机，就有现在卫生员背的药箱那么大！他还有许多冲洗相片的器具，至今我还保存有一个玻璃的漏斗，就是洗相片用的器具之一。另一张相片是在照相馆照的，我的祖父和老姨太坐在茶几的两边，茶几上摆着花盆、盖碗茶杯和水烟筒，祖父穿着夏天的衣衫，手里拿着扇子；老姨太穿着沿着阔边的上衣，下面是青纱裙子。我自己坐在他们中间茶几前面的一张小椅子上，头上梳着两个丫角，身上穿的是浅色衣裤，两手按在膝头，手腕和脚踝上都戴有银镯子，看样子不过有两三岁，至少是会走了吧。

父亲四岁丧母，祖父一直没有再续弦，这位老姨太大概是祖父老了以后才娶的。我在一九一一年回到福州时，也没有听见家里人谈到她的事，可见她在我们家里的时间是很短暂的，记得我们住在山东烟台的时期内，祖父来信中提到老姨太病故了。当我们后来拿起这张相片谈起她时，母亲就夸她的活计好，她说上海夏天很热，可是老姨太总不让我光着膀子，说我背上的那块蓝“记”是我的前生父母给涂上的，让他们看见了就来讨人了。她又知道我母亲不喜欢红红绿绿的，就给我做白洋纱的衣裤或背心，沿着黑色烤绸的边，看去既凉爽又醒目。母亲说她太费心了，她说费事倒没有什么，就是太素淡了。的确，我母亲不喜欢浓艳的颜色，我又因为从小男装，所以我从来没有扎过红头绳。现在，这两张相片也找不到了。

在上海那两三年中，父亲隔几个月就可以回来一次。母亲谈到夏天夜里，父亲有时和她坐马车到黄浦滩上去兜风，她认为那是她在福州时所想望不到的。但是父亲回到家来，很少在白天出去探亲访友，因为舰长萨镇冰先生说不定什么时候就会派水手来叫他。萨镇冰先生是父亲在海军中最敬仰的上级，总是亲昵地称他为“萨统”。（“统”就是“统领”的意思，我想这也和现在人称的“朱总”“彭总”“贺总”差不多。）我对萨统的印象也极深。记得有一次，我拉着一个来召唤我父亲的水手，不让他走，他笑说：“不行，不走要打屁股的！”我问：“谁叫打？用什么打？”他说：“军官叫打就打，用绳子打，打起来就是‘一打’，‘一打’就是十二下。”我说：“绳子打不疼吧？”他用手指比画着说：“喝！你试试看，我们船上用的绳索粗着呢，浸透了水，打起来比棒子还疼呢！”我着急地问：“我父亲若不回去，萨统会打他吧？”他摇头笑说：“不会的，当官的顶多也就记一个过。萨统很少打人，你父亲也不打人，打起来也只打‘半打’，还叫用干索子。”我问：“那就不疼了吧？”他说：“那就好多了……”这时父亲已换好军装出来，他就笑着跟在后面走了。

大概就在这个时候，母亲生了一个妹妹，不几天就夭折了。头几天我还搬过一张凳子，爬上床上去亲她的小脸，后来床上就没有她了。我问妹妹哪里去了，祖父说妹妹逛大马路去了，但她始终就没有回来！

一九〇三至一九〇四年之间，父亲奉命到山东烟台去创办海军军官学校。我们搬到烟台，祖父和老姨太又回到福州去了。

我们到了烟台，先住在市内的海军采办厅，所长叶茂蕃先生让出一间北屋给我们住。南屋是一排三间的客厅，就成了父亲会客和办公的地方。我记得这客厅里有一副长联是：

此地有崇山峻岭茂林修竹

是能读三坟五典八索九丘

我提到这一副对联，因为这是我开始识字的一本课文！父亲那时正忙于拟定筹建海军学校的方案，而我却时刻缠在他的身边，说这问那，他就停下笔指着那副墙上的对联说："你也学着认认字好不好？你看那对子上的山、竹、三、五、八、九这几个字不都很容易认吗？"于是我就也拿起一支笔，坐在父亲的身旁一边学认一边学写，就这样，我把对联上的二十二个字都会念会写了，虽然直到现在我还不知道这"三坟五典八索九丘"究竟是哪几本古书。

不久，我们又搬到烟台东山北坡上的一所海军医院去寄居。这时来帮我父亲做文书工作的，我的舅舅杨子敬先生，也把家从福州搬来了，我们两家就住在这所医院的三间正房里。

这所医院是在陡坡上坐南朝北盖的，正房比较阴冷，但是从廊上东望就看见了大海！从这一天起，大海就在我的思想感情上占了一个极其重要的位置。我常常心里想着它，嘴里谈着它，笔下写着它；尤其是三年前的十几年里，当我忧从中来，无可告语的时候，我一想到大海，我的心胸就开阔了起来，宁静了下去！一九二四年我在美国养病的时候，曾写信到国内请人写一副“集龚”的对联，是：

世事沧桑心事定

胸中海岳梦中飞

谢天谢地，因为这副很短小的对联，当时是卷起压在一只大书箱的箱底的，“四人帮”横行，我家被抄的时候，它竟没有和我其他珍藏的字画一起被抄走！

现在再回来说这所海军医院。它的东厢房是病房，西厢房是诊室，有一位姓李的老大夫，病人不多。门房里还住着一位修理枪支的师傅，大概是退伍军人吧！我常常去蹲在他的炭炉旁边，和他攀谈。西厢房的后面有个大院子，有许多花果树，还种着满地的花，还养着好几箱的蜜蜂，花放时热闹得很。我就因为常去摘花，被蜜蜂螫了好几次，每次都是那位老大夫给我上的药，他还告诫我：花是蜜蜂的粮食，好孩子是不抢人的粮食的。

这时，认字读书已成了我的日课，母亲和舅舅都是我的老师，母亲教我认“字片”，舅舅教我的课本，是商务印书馆的国文教科书第一册，从“天地日月”学起。有了海和山作我的活动场地，我对于认字，就没有了兴趣，我在一九三二年写的《冰心全集》自序中，曾有过这一段，就是以海军医院为背景的：

……有一次母亲关我在屋里，叫我认字，我却挣扎着要出去。父亲便在外面，用马鞭子重重地敲着堂屋的桌子，吓唬我，可是从未打到我的头上的马鞭子，也从未把我爱跑的癖气吓唬回去……

不久，我们又翻过山坡，搬到东山东边的海军练营旁边新盖好的房子里。这座房子盖在山坡挖出来的一块平地上，是个四合院，住着筹备海军学校的职员们。这座练营里已住进了一批新招来的海军学生，但也住有一营（？）的练勇（大概那时父亲也兼任练营的营长）。我常常跑到营门口去和站岗的练勇谈话。他们不像兵舰上的水兵那样穿白色军装。他们的军装是蓝布包头，身上穿的也是蓝色衣裤，胸前有白线绣的“海军练勇”字样。当我跟着父亲走到营门口，他们举枪立正之后，父亲进去了就挥手叫我回来。我等父亲走远了，却拉那位练勇蹲了下来，一面摸他的枪，一面问：“你也打过海战吧？”他摇头说：“没有。”我说：“我父亲就打过，可是他打输了！”他站了起来，扛起枪，用手拍着枪托子，说：“我知道，你父亲打仗的时候，我还没当兵呢。你等着，总有一天你的父亲还会带我们去打仗，我们一定要打个胜仗，你信不信？”这几句带着很浓厚山东口音的誓言，一直在我的耳边回响着！

回想起来，住在海军练营旁边的时候，是我在烟台八年之中，离海最近的一段。这房子北面的山坡上，有一座旗台，是和海上军舰通旗语的地方。旗台的西边有一条山坡路通到海边的炮台，炮台上装有三门大炮，炮台下面的地下室里还有几个鱼雷，说是“海天”舰沉后捞上来的。这里还驻有一支穿白衣军装的军乐队，我常常跟父亲去听他们演习，我非常尊敬而且羡慕那位乐队指挥！炮台的西边有一个小码头。父亲的舰长朋友们来接送他的小汽艇，就是停泊在这码头边上的。

写到这里，我觉得我渐渐地进入了角色！这营房、旗台、炮台、码头，和周围的海边山上，是我童年初期活动的舞台。我在一九六二年九月十八日夜曾写过一篇叫作《海恋》的散文，里面有：

> ……我童年活动的舞台上，从不更换布景……在清晨我看见金盆似的朝日，从深黑色、浅灰色、鱼肚白色的云层里，忽然涌了上来，这时太空轰鸣，浓金泼满了海面，染透了诸天……在黄昏我看见银盘似的月亮颤巍巍地捧出了水平，海面变成一层层一道道的由浓黑而银灰渐渐地漾成光明闪烁的一片……这个舞台，绝顶静寂，无边辽阔，我既是演员，又是剧作者。我虽然单身独自，我却感到无限的欢畅与自由。

就在这个期间，一九〇六年，我的大弟谢为涵出世了。他比我小得多，在家塾里的表哥哥和堂哥哥们又比我大得多；他们和我玩不到一块儿，这就造成了我在山巅水涯独往独来的性格。这时我和父亲同在的时间特别多。白天我开始在家塾里附学，念一点书，学作一些短句子，放了学父亲也从营里回来，他就教我打枪、骑马、划船，夜里就指点我看星星。逢年过节，他也带我到烟台市上去，参加天后宫里海军军人的聚会演戏，或到玉皇顶去看梨花，到张裕酿酒公司的葡萄园里去吃葡萄，更多的时候，就是带我到进港的军舰上去看朋友。

一九〇八年，我的二弟谢为杰出世了，我们又搬到海军学校后面的新房子里来。

这所房子有东西两个院子，西院一排五间是我们和舅舅一家合住的。我们住的一边，父亲又在尽东头面海的一间屋子上添盖了一间楼房，上楼就望见大海。我在《海恋》中有过这么一段描写，就是在这楼上所望见的一切：

> 右边是一座屏幛似的连绵不断的南山，左边是一带围抱过来的丘陵，土坡上是一层一层的麦地，前面是平坦无际的淡黄的沙滩。在沙滩与我之间，有一簇依山上下高低不齐的农舍，亲热地偎倚成一个小小的村落。在广阔的沙滩前面，就是那片大海！这大海横亘南北，布满东方的天边，天边有几笔淡墨画成的海岛，那就是芝罘岛，岛上有一座灯塔……

在这时期，我上学的时间长了，看书的时间也多了，主要的还是因为离海远些了，父亲也忙些了，我好些日子才到海滩上去一次，我记得这海滩上有一座小小的龙王庙，庙门上的对联是：

**群生被泽**

**四海安澜**

因为少到海滩上去，那间望海的楼房就成了我常去的地方。这房间算是客房，但是客人很少来住，父亲和母亲想要习静的时候就到那里去。我最喜欢在风雨之夜，倚栏凝望那灯塔上的一停一射的强光，它永远给我以无限的温暖快慰的感觉！

这时，我们家塾里来了一位女同学，也是我的第一个女伴，她是父亲同事李毓丞先生的女儿名叫李梅修的，她比我只大两岁，母亲说她比我稳静得多。她的书桌和我的摆在一起，我们十分要好。这时，我开始学会了“过家家”，我们轮流在自己“家”里“做饭”，互相邀请，吃些小糖小饼之类。一九一一年，我们在福州的时候，父亲得到李伯伯从上海的来信，说是李梅修病故了，我们都很难过，我还写了一篇《祭亡友李梅修文》寄到上海去。

我和李梅修谈话或做游戏的地方，就在楼房的廊上，一来可以免受表哥哥和堂哥哥们的干扰，二来可以赏玩海景和园景。从楼廊上往前看是大海，往下看就是东院那个客厅和书斋的五彩缤纷的大院子。父亲公余喜欢栽树种花，这院子里种有许多果树和各种的花。花畦是父亲自己画的种种几何形的图案，花径是从海滩上挑来的大卵石铺成的，我们清晨起来，常常在这里活动。我记得我的小舅舅杨子玉先生，他是我的外叔祖父杨颂岩老先生的儿子，那时正在唐山路矿学堂肄业，夏天就到我们这里来度假。他从烟台回校后，曾寄来一首长诗，头几句我忘了，后几句是：

…………
…………
忆昔夏日来芝罘
照眼繁花簇小楼
清晨微步惬情赏
向晚琼筵勤劝酬
欢娱苦短不逾月
别来倏忽惊残秋
花自凋零吾不见
共怜福分几生修

小舅舅是我们这一代最欢迎的人，他最会讲故事，讲得有声有色。他有时讲吊死鬼的故事来吓唬我们，但是他讲得更多的是民族意识很浓厚的故事，什么洪承畴卖国啦，林则徐烧鸦片啦等等，都讲得慷慨淋漓，我们听过了往往兴奋得睡不着觉！他还拉我的父亲和父亲的同事们组织赛诗会，就是：在开会时大家议定了题目，限了韵，各人分头做诗，传观后评定等次，也预备了一些奖品，如扇子、笺纸之类。赛诗会总是晚上在我们书斋里举行，我们都坐在一边旁听。现在我只记得父亲作的《咏蟋蟀》一首，还不完全：

庭前……正花黄
床下高吟际小阳
笑尔专寻同种斗
争来名誉亦何香

还有《咏茅屋》一首，也只记得两句：

…………
…………
久处不须忧瓦解
雨余还得草根香

我记住了这些句子，还是因为小舅舅和我父亲开玩笑，说他作诗也解脱不了军人的本色。父亲也笑说："诗言志嘛，我想到什么就写什么，当然用词赶不上你们那么文雅了。"但是我体会到小舅舅的确很喜欢父亲的"军人本色"，我的舅舅们和父亲以及父亲的同事们在赛诗会后，往往还谈到深夜。那时我们都睡觉去了，也不知道他们都谈些什么。

小舅舅每次来过暑假，都带来一些书，有些书是不让我们看的，越是不让看，我们就越想看，哥哥们就怂恿我去偷，偷来看时，原来都是“天讨”之类的“同盟会”的宣传册子。我们偷偷地看了之后，又偷偷地赶紧送回原处。

一九一〇年我的三弟谢为楫出世了。就在这之后不久，海军学校发生了风潮！

大概在这一年之前，那时的海军大臣载洵，到烟台海军学校视察过一次，回到北京，便从北京贵胄学堂派来了二十名满族学生，到海军学校学习。在一九一一年的春季运动会上，为着争夺一项锦标，一两年中蕴积的满汉学生之间的矛盾表面化了！这一场风潮闹得很凶，北京就派来了一个调查员郑汝成，来查办这个案件。他也是父亲的同学。他背地里告诉父亲，说是这几年来一直有人在北京告我父亲是“乱党”，并举海校学生中有许多同盟会员——其中就有萨镇冰老先生的侄子（?）萨福昌……而且学校图书室订阅的，都是《民呼报》之类，替同盟会宣传的报纸为证等等，他劝我父亲立即辞职，免得落个“撤职查办”。父亲同意了，他的几位同事也和他一起递了辞呈。就在这一年的秋天，父亲恋恋不舍地告别了他所创办的海军学校，和来送他的朋友、同事和学生，我也告别了我的耳鬓厮磨的大海，离开烟台，回到我的故乡福州去了！

这里，应该写上一段至今回忆起来仍使我心潮澎湃的插曲。振奋人心的辛亥革命在这年的十月十日发生了！我们在回到福州的中途，在上海虹口住了一个多月。我们每天都在抢着等着看报。报上以黎元洪将军（他也是父亲的同班同学，不过父亲学的是驾驶，他学的是管轮）署名从湖北武昌拍出的起义的电报（据说是饶汉祥先生的手笔），写得慷慨激昂，篇末都是以“黎元洪泣血叩”收尾。这时大家都纷纷捐款劳军，我记得我也把攒下的十块压岁钱，送到申报馆去捐献，收条的上款还写有“幼女谢婉莹君”字样。我把这张小小的收条，珍藏了好多年，现在，它当然也和如水的年光一同消逝了！

一九七九年七月四日清晨

# 我入了贝满中斋

我在北京闲居了半年，家里的大人们都没有提起我入学的事，似乎大家都在努力适应这陌生而古老的环境。我忍耐不住了，就在一个夏天的晚上，向我的舅舅杨子敬先生提出我要上学。那时他除了在家里教我的弟弟们读书以外，也十分无聊，在生疏的北京，又不知道有什么正当的娱乐场所，他就常到米市大街基督教青年会去看书报、打球，和青年会干事们交上朋友（他还让我的大弟谢为涵和他自己的儿子杨建辰到青年会夜校去读英文）。当我舅舅向他的青年会干事朋友打听有什么好的女子中学的时候，他们就介绍了离我们家最近的东城灯市口公理会的贝满女子中学。

我的父母并不反对我入教会学校，因为我的二伯父谢葆珪（穆如）先生，就在福州仓前山的英华书院教中文，那也是一所教会学校，二伯父的儿子，我的堂兄谢为枢，就在那里读书。仿佛除了教学和上学之外，并没有勉强他们入教。英华书院的男女教师，都是传教士，也到我们福州家里来过。还因为在我上面有两个哥哥，都是接生婆接的，她的接生器具没有经过消毒，他们都得了脐带疯而夭折了。于是在我和三个弟弟出生的时候，父亲就去请教会医院的女医生来接生。我还记得给我弟弟们接生的美国女医生，身上穿的都是中国式的上衣和裙子，不过头上戴着帽子，脚下穿着皮鞋。在弟弟们满月以前，她们还自动来看望过，都是从山下走上来的。因此父母亲对她们的印象很好。父亲说：教会学校的教学是认真的，英文的口语也纯正，你去上学也好。

于是在一九一四年的秋天，舅舅就带我到贝满女子中学去报名。

那时的贝满女中是在灯市口公理会大院内西北角的一组曲尺形的楼房里。在曲尺的转折处，东南面的楼壁上，有横写的四个金字“贝满中斋”——那时教会学校用的都是中国传统的名称：中学称中斋，大学称书院，小学称蒙学。公理会就有培元蒙学（六年）、贝满中斋（四年）、协和女子书院（四年），因为在通县还有一所男子协和书院，女子书院才加上“女子”二字。这所贝满中斋是美国人姓Bridgeman的捐款建立的，“贝满”是 Bridgeman的译音——走上十级左右的台阶，便进到楼道左边的一间办公室。有位中年的美国女教士，就是校长吧，把我领到一间课室里，递给我一道中文老师出的论说题目，是“学然后知不足”。这题目是我在家塾中做过的，于是我不费思索，一挥而就。校长斐教士十分惊奇叹赏，对我舅舅说：“她可以插入一年级，明天就交费上学吧。”考试和入学的手续是那样的简单，真出乎我们意料之外，我是又高兴而又不安。

第二天我就带着一学期的学费（十六元）去上学了。到校后检查书包，那十六元钱不见了，在校长室里我窘得几乎落下泪来。斐教士安慰我说："不要紧的，丢了就不必交了。"我说："那不好，我明天一定来补交。"这时斐教士按了电铃，对进来的一位老太太说："叫陶玲来。"不久门外便进来一个二年级的同学——一个能说会道、大大咧咧的满族女孩子，也就是这个陶玲，一直叫"小谢"，叫到了我八十二岁——她把我带进楼上的大课堂，这大堂上面有讲台，下面有好几排两人同桌的座位，是全校学生自修和开会的地方。我被引到一年级的座位上坐下。这大堂里坐着许多这时不上课的同学，都在低首用功，静默得没有一点声息。上了一两堂课，到了午饭时间，我仍是羞怯地坐在自己的座位上。同学们都走了，我也不敢自动跟了去。下午放了学，就赶紧抱起书包回家。上学的第一天就不顺利，既丢了学费，又没有吃到午饭，心里十分抑郁，回到家里就哭了一场！

第二天我补交了学费。特意来送我上学的、我的二弟的奶娘，还找到学校传达室那位老太太说了昨天我没吃到午饭的事。她笑了，于是到了午饭时间，仍是那个爱说爱笑的斋二同学陶玲，带我到楼下一个大餐厅的内间，那是走读生们用饭的地方。伙食不错，米饭，四菜一汤，算是"小灶"吧。这时外面大餐厅里响起了"谢饭"的歌声，住校的同学们几乎都在那里用饭。她们站着唱歌，唱完才坐下吃。吃的是馒头、窝头，饭菜也很简单。

同学们慢慢地和我熟了，我发现她们几乎都是基督教徒，从保定、通县和北京或外省的公理会女子小学升上来的，也几乎都是住校。她们都很拘谨、严肃，衣着都是蓝衣青裙，十分朴素。刚上学的一个月，我感到很拘束、很郁闷。圣经课对我本来是陌生的，那时候读的又是《列王纪》，是犹太国古王朝的历史，枯燥无味。算术学的又是代数，我在福州女子师范学校预科只学到加减乘除。中间缺了一大段。第一次月考，我只得62分，不及格！这“不及格”是从我读书以来未曾有过的，给我的刺激很大！我曾把它写在《关于女人》中《我的教师》一段里。这位教师是丁淑静，她教过我历史、地理、地质等课。但她不是我的代数教师，也没有给我补过课，其他的描写，还都是事实。以后在一九一五年的暑假里，由培元蒙学的一位数学教师，给我补了这一段空白。但是其他课目，连圣经、英文我的分数几乎都不在95分以下，作文老师还给过我100加20的分数。

慢慢地高班的同学们也和我熟悉了，女孩子究竟是女孩子，她们也很淘气，很爱开玩笑。她们叫我“小碗儿”，因为学名是谢婉莹；叫我“侉子”，因为我开始在班里回答问题的时候，用的是道地的烟台话，教师听不懂，就叫我在黑板上写出答案。同学中间到了能开玩笑的地步，就表示出我们之间已经亲密无间。我不但喜爱她们，也更学习她们的刻苦用功。我们用的课本，都是教会学校系统自己编的，大半是从英文课本翻译过来的，比如在代数的习题里就有“四开银角”的名词，我们都算不出来。直到一九二三年我到美国留学，用过quarter，那是两角五分的银币，一元钱的四分之一，中国没有这种币制。我们的历史教科书，是从《资治通鉴》摘编的“鉴史辑要”。只有英文用的是商务印书馆的课本，也是从A Boy A Peach开始，教师是美国人芬教士，她很年轻，刚从美国来，汉语不太娴熟，常用简单的英语和我们谈笑，因此我们的英文进步得比较快。

我们每天上午除上课外，最后半小时还有一个聚会，多半是本校的中美教师或公理会的牧师来给我“讲道”。此外就是星期天的“查经班”，把校里的非基督徒学生，不分班次地编在一起，在到公理会教堂做礼拜以前，由协和女子书院的校长麦教士，给我们讲半小时的圣经故事。查经班和做大礼拜对我都是负担，因为只有星期天我才能和父母亲和弟弟们整天在一起，或帮母亲做些家务，我就常常托故不去。但在查经班里有许多我喜欢的同学，如斋二的陶玲、斋三的陈克俊等，我尤其喜欢陈克俊。在贝满中斋和以后在协和女子大学同学时期，我们常常一起参加表演，我在《关于女人》里写的《我的同学》，就是陈克俊。

在贝满还有一个集体活动，是每星期三下午的“文学会”，是同学们练习演讲辩论的集会。这会是在大课堂里开的。讲台上有主席，主持并宣告节目；还有书记，记录开会过程；台下有计时员，她的桌上放一只计时钟，讲话的人过了时间，她就叩钟催她下台。节目有读报、演说、辩论等。辩论是四个人来辩论一个题目，正反面各有两人，交替着上台辩论。大会结束后，主席就请坐在台旁旁听的教师讲几句评论的话。我开始非常害怕这个集会。第一次是让我读报，我走上台去，看见台下有上百对的眼睛盯着我看，我窘得急急忙忙地把那一段报读完，就跑回位上去，用双手把通红的脸捂了起来，同学们都看着我笑。一年下来，我逐渐磨练出来了，而且还喜欢有这个发表意见的机会。我觉得这训练很好，使我以后在群众的场合，敢于从容地作即席发言。

我入学不久，就遇到贝满中斋建校五十年的纪念，我是个小班学生，又是走读，别的庆祝活动，我都没有印象了。只记得那一天有许多来宾和校友来观看我们班的体操表演。体育教师是一个美国人，她叫我们做下肢运动的口令是："左脚往左撇，回来！右脚往右撇，回来！"我们大家使劲忍着笑，把嘴唇都咬破了！

第一学年的下半季，一九一五年的一月日本军国政府向袁世凯政府提出了灭亡中国的"二十一条"，五月七日又提出了"最后通牒"，那时袁世凯正密谋称帝，想换取日帝对他的支持，在五月九日公然接受了日本的要求。这遭到了全国人民的强烈反对，各地掀起了大规模的讨袁抗日爱国运动。我们也是群情愤激，和全北京的学生在一起，冲出校门，由我们学生会的主席、斋四同学李德全带领着，排队游行到了中央公园（现在的中山公园），在万人如海的讲台上，李德全同学慷慨陈词，我记得她愤怒地说："别轻看我们中国人！我们四万万人一人一口唾沫，还会把日本兵淹死呢！"我们纷纷交上了爱国捐，还宣誓不买日货。我满怀悲愤地回到家来，正看见父亲沉默地在书房墙上贴上一张白纸，是用岳飞笔迹横写"五月七日之事"六个大字。父亲和我都含着泪，久久地站在这幅横批的下面，我们互相勉励永远不忘这个国耻纪念日！

到了一九一五年的十二月十二日，那是我在斋二这年的上半季，袁世凯公然称帝了，改民国五年为“洪宪”元年，他还封副总统黎元洪为“武义亲王”，把他软禁在中南海的瀛台里。黎元洪和我父亲是紫竹林水师学堂的同级生，不过我父亲学的是驾驶，他学的是管轮，许多年来，没有什么来往。民国成立后，他当了副总统，住东厂胡同，他曾请我父亲去玩，父亲都没有去。这时他住进了瀛台，父亲倒有时去看他，说是同他在木炕上下棋——我从来不知道父亲会下棋——每次去看他以前，父亲都在制服呢裤下面多穿一条绒布裤子，说是那里房内很冷。

这时全国又掀起了“护国运动”，袁世凯的皇帝梦只做了八十三天就破灭了。校园内暂时恢复了平静。我们的圣经课已从《旧约》读到了《新约》，我从《福音》书里了解了耶稣基督这个“人”。我看到一个穷苦木匠家庭的私生子，竟然能有那么多信从他的人，而且因为宣传“爱人如己”，而被残酷地钉在十字架上，这个形象是可敬的。但我对于“三位一体”“复活”等这类宣讲，都不相信，也没有入教做个信徒。

贝满中斋的课外活动，本来很少，在我斋三那一年，一九一七年的暑假，我和一些同学参加了女青年会在西山卧佛寺举办的夏令会。我们坐洋车到了西直门，改骑小驴去西山。这是我到北京以后的第一次郊游，我感到十分兴奋。忆起童年骑马的快事，便把小驴当成大马，在土路上扬鞭驰骋，同学当中我是第一个到达卧佛寺的！在会上我们除开会之外还游了山景，结识了许多其他女校的同学，如天津的中西女校的学生。她们的衣着比我们讲究。我记得当女青年会干事们让陈克俊和我在一个节目里表演“天使”的时候，白绸子衣裙就是向中西女校的同学借的。

开完会回家，北京市面已是乱哄哄的了。谣言很多，说是南北军阀之间正在酝酿什么大事，张勋的辫子军要进京调停。辫子军纪律极坏，来了就会到人家里骚扰。父亲考虑后就让母亲带我们姐弟，到烟台去暂避一时。

我最喜欢海行，可是这次从塘沽到烟台的船上，竟拥挤得使我们只买到货舱的票。下到沉黑的货舱，里面摆的是满舱的大木桶。我们只好在凸凹不平的桶面上铺上席子。母亲一边挥汗，一边还替我们打扇。过了黑暗、炎热、窒息、饥渴的几十小时，好容易船停了，钻出舱来，呼吸着迎面的海风，举目四望，童年的海山，又罗列在我面前，心里真不知是悲是喜！

父亲的朋友、烟台海军学校校长曾恭甫伯伯，来接我们。让我们住在从前房子的西半边。在烟台这一段短短时间里，我还带弟弟们到海边去玩了几次，在《往事（一）》中也描写过我当时的心境。人大了些，海似乎也小些了，但对面芝罘岛上灯塔的灯光，却和以前一样，一闪一闪地在我心上跳跃！

复辟的丑剧，从一九一七年七月一日起，只演了十二天，我们很快就回到北京，准备上学。

贝满中斋扎扎实实的四个年头过去了，一九一八年的夏天，我们毕业时全班只有十八个人。我以最高的分数，按照学校的传统，编写了“辞师别友”的歌词，在毕业会上做了“辞师别友”的演说。我的同班从各教会中学升上来的，从此多半都回到母校去教书，风流云散了！只有我和吴搂梅、邝淑贞和她的妹妹，我们这些没有教学的义务的，升入了协和女子大学预科。

我以十分激动的心情，来写这四年认真严肃的生活。这训练的确约束了我的“野性”，使我在进入大学的丰富多彩的生活以前，准备好一个比较稳静的起步。

一九八四年三月十四日

# 我的大学生涯

这是我自传的第五部分了（一、我的故乡；二、我的童年；三、我到了北京；四、我入了贝满中斋），每段都只有几千字，因为我不惯于写叙述性的文章，而且回忆时都是些零碎的细节，拼在一起又太烦琐了。但是在我的短文里，关于这一段时期的叙述是比较少的，而这一段却是我一生中最热闹、最活跃、精力最充沛的一段。

我从贝满中斋毕了业，就直接升入了协和女子大学。我选的是理预科，因为我一心一意想学医，对于数、理、化的功课十分用功，成绩也好。至于中文呢，因为那时教会学校请的中文老师，多半是前清的秀才或举人，讲的都是我在家塾里或自己读过的古文，他们讲书时也不会旁征侧引，十分无趣。我入了理科，就埋头苦学，学校生活如同止水一般的静寂，只有一件事，使我永志不忘！

我是在夏末秋初，进了协和女子大学的校门的，这协和女大本是清朝的佟王府第，在大门前抬头就看见当时女书法家吴芝瑛女士写的“协和女子大学校”的金字蓝底花边的匾额。走进二门，忽然看见了由王府前三间大厅改成的大礼堂的长廊下，开满了长长的一大片猩红的大玫瑰花！打这些玫瑰花第一次进了我的眼帘，从此我就一辈子爱上了这我认为是艳冠群芳又有风骨的花朵，又似乎是她揭开了我生命中最绚烂的一页。

理科的功课是严紧的，新的同学们更是来自五湖四海，大多数比我大好几岁。除了从贝满女中升上来的同学以外，我又结识了许多同学。那时我弟弟们也都上学了。在大学我仍是走读，每天晚餐后，和弟弟们在饭桌旁各据一方，一面自己温课，一面帮助他们学习，看到他们困倦了时，就立起来同他们做些游戏。早起我自己一面梳头的时候，一面还督促他们“背书”。现在回忆起来，在这些最单调的日子里，我只记得在此期间有一次的大风沙，那时北京本有“无风三尺土，有雨一街泥”的谚语，春天风多风大，不必说了，而街道又完全是黄土铺的，每天放学回来总得先洗脸，洗脖子。我记得这一天下午，我们正在实验室里，由一位美国女教师带领着，解剖死猫，忽然狂风大作，尘沙蔽天，电灯也不亮了，连注射过红药水的猫的神经，都看不出来了。教师只得皱眉说：“先把死猫盖上布，收在橱子里吧，明天晴了再说。”这时住校的同学都跑回到自己屋里去了。我包上很厚的头巾，在扑面的尘沙中抱肩低头、昏天黑地地走回家里，看见家里廊上窗台上的沙土，至少有两寸厚！

其实这种大风沙的日子，在当时的北京并不罕见，只因后来我的学校生活忽然热闹而繁忙了起来，也就记不得天气的变迁了！

在理预科学习的紧张而严肃的日子，只过了大半年，到了第二年一九一九年——“五四运动”起来了，我虽然是个班次很低的“大学生”，也一下子被卷进了这兴奋而伟大的运动。关于这一段我写过不少，在此就不多说了。我要说的就是我因为参加运动又开始写些东西，耽误了许许多多理科实验的功课，幸而理科老师们还能体谅我，我敷敷衍衍地读完了两年理科，就转入文科，还升了一班！

改入文科以后，功课就轻松多了！就是这一年——一九二〇年，协和女子大学，同通州潞河大学和北京的协和大学合并成燕京大学。校长是司徒雷登。我们协和女子大学就改称“燕大女校”。有的功课是在男校上课，如“哲学”“教育学”等，有的是在女校上的，如“社会学”“心理学”等。在男校上课时，我们就都到男校所在地的盔甲厂去。当时男女合校还是一件很新鲜的事，因此我们都很拘谨，在到男校上课以前，都注意把头上戴的玫瑰花蕊摘下。在上课前后，也轻易不同男同学交谈。他们似乎也很腼腆。一般上课时我们都安静地坐在第一排，但当坐在我们后面的男同学，把脚放在我们椅子下面的横杠上，簌簌抖动的时候，我们就使劲地把椅子往前一拉，他们的脚就忽然砰的一声砸到地上。我们自然没有回头，但都忍住笑，也不知道他们伸出舌头笑了没有？

但是我们几个在全校的学生会里有职务的人，都不免常和男生接触，如校刊编辑部、班会等。我们常常开会，那时女校还有“监护人”制度，无论是白天或晚上，几个人或几十个人，我们的会场座后，总会有一位老师，多半是女教师，她自己拿着一本书在静静地看。这一切，连老师带学生都觉得又无聊，又可笑！

我是不怕男孩子的！自小同表哥哥、堂哥哥们同在惯了，每次吵嘴打架都是我得了“最后胜利”，回到家里，往往有我弟弟们的同学十几个男孩子围着我转。只是我的女同学们都很谦退，我也不敢“冒尖”，但是后来熟了以后，男同学们当面都说“厉害”，说这些话的，就是许地山、瞿世英（菊农）、熊佛西这些人，他们同我后来也成了好朋友。

这时我在燕大女校“学生自治会”里，任务也多得很！自治会里有许多委员会——甚至有伙食委员会！因为我没有住校，自然不会叫我参加，但是其他的委员会，我就都被派上了！那时我们最热心的就是做社会福利工作，而每兴办一项福利工作，都得“自治会”自己筹款。最方便而容易的，就是演戏卖票！我记得我们演过许多“莎士比亚”的戏，如《威尼斯商人》《第十二夜》等，那时我们英文班里正读着“莎士比亚”，美国女老师们都十分热心地帮助我们排练，设计服装、道具等，我们演得也很认真卖力，记得有一次鲁迅先生和俄国盲诗人爱罗先珂来看过我们的戏——忘了是哪一出——鲁迅先生写过文章说爱罗先珂先生说我们演的比当时北京大学的某一出戏好得多。因此他和北大同学还引起了一番争论，北大同学说爱罗先珂先生是个盲人，怎“看”出戏的好坏？我和鲁迅先生只谈过一次话，还是很短的，因为我负责请名人演讲，我记得请过鲁迅先生、胡适先生，还有吴贻芳先生……我主持演讲会，向听众同学介绍了主讲人以后，就只坐在讲台上听讲了——我和鲁迅先生的接触，就这么一次，我也不知道鲁迅先生是从哪一位同学手里买到戏票的。

这次演剧筹款似乎是我们要为学校附近佟府夹道的不识字的妇女们，义务开办一个“注音字母”学习班。自治会派我去当校长。我自己就没有学过注音字母，但是被委为校长，就意味着把找“校舍”——其实就是租用街道上一间空屋——招生、请老师——也就是请一个会教注音字母的同学——都由我包办下来。这一切，居然都很顺利。开学那一天，我去“训话”，看到讲台前坐的都是中年妇女，只前排右首坐着一个十分聪明俊俏的姑娘。听课后我过去和她搭话，她说：“我叫佟志云，十八岁，我识得字，只不过也想学学注音字母。”我想她可能是佟王后裔。她问我：“校长，您多大年纪了？”我笑着说：“反正比你大几岁！”

这时燕大女校已经和美国威尔斯利（Wellesley College）女子大学结成“姐妹学校”。我们女校里有好几位教师，都是威校的毕业生。忘了是哪一年，总在二十年代初期吧，威校的女校长来到我们校里访问，住了几天，受到盛大的欢迎。有一天她——我忘了她的名字——忽然提出要看看古老北京的婚礼仪式，女校主任就让学生们表演一次，给她开开眼。这事自然又落到我们自治会委员身上，除了不坐轿子以外，其他服装如凤冠霞帔、靴子、马褂之类，也都很容易地借来了，只是在演员的分配上，谁都不肯当新娘。我又是主管这个任务的人，我就急了，我说："这又不是真的，只是逢场做戏而已。你们都不当，我也不等'父母之命，媒妁之言'，我就当了！"于是我扮演了新娘。凌淑浩——凌叔华的妹妹，当了新郎。送新太太是陈克俊和谢兰蕙。扮演公公婆婆的是一位张大姐和一位李大姐，都是高班的学生，至今我还记得她们的面庞。她们以后在演比利时作家梅特林克的童话剧《青鸟》中，还是当了我的爷爷和奶奶，可是她们的名字，我苦忆了半天也想不起来！

那夜在女校教职员宿舍院里，大大热闹了一阵，又放鞭炮，又奏鼓乐。我们磕了不少的头！演到坐床撒帐的时候，我和淑浩在帐子里面都忍不住笑了起来，急得克俊和兰蕙直捂着我们的嘴！

我演的这些戏中，我最喜欢的还是《青鸟》，剧本是我从英文译的，演员也是我挑的，还到培元女子小学，请了几个小学生，都是我在西山夏令会里认识的小朋友。我在《关于女人》那本书内写的《我的同学》里，就写了和陈克俊在"光明宫"对话的那一段。这出剧里还有一只小狗，我就把我家养的北京长毛狗"狮子"也带上台了。我的小弟弟冰季，还怕我们会把"狮子"用绳子拴起，他就亲自跟来，抱着它悄悄地在后台坐着，等到它被放到台上，看见了我，它就高兴得围着我又蹦又跳，引得台下一片笑声。

总之，我的大学生涯是够忙碌热闹的，但我却没有因此而耽误了学习和写作。我的老师们对我都很好，尤其是我的英文老师鲍贵思（Grace Bognton）在我毕业的那一年春季，她就对我说威尔斯利女大已决定给我两年的奖学金——就是每年八百美金的学、宿、膳费，让我读硕士学位——她自己就是威尔斯利的毕业生，她的母亲和她的几个妹妹也都是毕业于威校，可算是威校世家了——她对于母校感情很深，盛赞校园之美、校风之好，问我想不想去，我当然愿意。但我想一去两年，不知这两年之中，我的体弱多病的母亲，会不会出什么意外？我对家里什么人都没有讲过我的忧虑，只悄悄地问过我们最熟悉的医生孙彦科大夫，他是我小舅舅杨子玉先生的挚友，小舅舅介绍他来给母亲看过病。后来因为孙大夫每次到别处出诊路过我家，也必进来探望，我们熟极了。他称我父亲为“三哥”，母亲为“三嫂”，有时只有我们孩子们在家，他也坐下和我们说笑。我问他我母亲身体不好，我能否离家两年之久？他笑了说：“当然可以，你母亲的身体不算太坏，凡事有我负责。”同时鲍女士还给我父亲写了信，问他让不让我去？父亲很客气地回了她一封信，说只要她认为我不会辜负她母校的栽培，他是同意我去美国的。这一切当时我还不好意思向同学们公开，依旧忙我的课外社会福利工作。

那几年也是家庭中多事之秋，记得就是在我上中学的末一年（？），我的舅舅杨子敬先生逝世了。他是我母亲唯一的亲哥哥。兄妹二人感情极好。我父亲被召到北京来时，母亲也请舅舅来京教我的三个弟弟，作为家庭教师。不过舅舅没有和我们住在一起，他们住在离中剪子巷不远的铁狮子胡同。忽然有一天早晨，舅家的白妈，气急败坏地来对我母亲说，从昨天下午起舅舅肚子痛得厉害，呕吐了一夜，现在已经不能说话了。我想这病可能是急性盲肠炎。——那时父亲正不在家，他回到福州，去庆祝祖父的八十大寿了。——等母亲和我们赶到时，舅舅已经断气了。这事故真像晴天霹雳一般，我们都哭得泪干声咽！母亲还能勉强镇定地办着后事，这是我生平第一次看见死人入殓！我的大弟弟为涵，还悄悄地对我说："装舅舅的那个大匣子，靠头那一边，最好开一个窟窿，省得他在那里头出不了气。"我哭得更伤心了，我说："他要是还能喘气，就不用装进棺材里去了！"

记得父亲回福州的时候，我还写了几首祝贺祖父大寿的诗，请他带回去，现在只记得一首：

浮踪万里客幽燕
恰值太公八秩年
自笑菲才惭咏絮
也裁诗句谱新篇

反正都是歪诗，写出来以助一笑。

等到父亲从福州回来，舅母和表弟妹们已搬进我家的三间西厢房，从前舅舅教弟弟们读书的屋子里。从此弟弟也都进入了小学校。

此后，大约是我在大学的时期，福州家里忽然来了一封电报说是祖父逝世了，这对我们又是一个极大的打击！我父亲星夜奔丧，我忽然记起在一九一二年我离开故乡的时候，祖父曾悄悄地将他写的几副自挽联句，交给我收着，说“谁也不让看，将来有用时，再拿出来”。我真的就严密地收起，连父母亲都不知道。这时我才拿出来交给父亲带回，这挽联有好几对。有一联大意是说他死后不要僧道唪经，因为他不信神道，而且相信自己生平也没有造过什么冤孽，怎么写的我不记得了。有一联我却记得很清楚，是：

有子万事足，有子有孙又有曾孙，足，足，足。

无官一身轻，无官无累更无债累，轻，轻，轻。

父亲办完丧事，回来和我们说：祖父真可算是“无疾而终”。那一天是清明，他还带着伯叔父和堂兄们步行到城外去扫墓，但当他向坟台上捧献祭品时，双手忽然颤抖起来，二伯父赶紧上前接过去。跪拜行礼时也还镇定自如，回来也坚持不坐轿子，说是走动着好。回到家后，他说似乎觉得累了一点，要安静躺一会子，他自己上了床，脸向里躺下，叫大家都出去。过不了一会儿，伯父们悄悄进去看时祖父已经没有呼吸了，脸上还带着安静的微笑！我记得他的终年是八十六岁。

这时已是一九二三年的春季，我该忙我的毕业论文了。文科里的中国文学老师是周作人先生。他给我们讲现代文学，有时还讲到我的小诗和散文，我也只低头听着，课外他也从来没有同我谈过话。这时因为必须写毕业论文，我想自己对元代戏曲很不熟悉，正好趁着写论文的机会，读些戏曲和参考书。我把论文题目《元代的戏曲》和文章大纲，拿去给周先生审阅。他一字没改就退回给我，说："你就写吧。"于是在同班们几乎都已交出论文之后，我才匆匆忙忙地把毕业论文交了上去。

就在这时我的吐血的病又发作了。我母亲也有这个病，每当身体累了或是心绪不好，她就会吐血。我这次的病不消说，是我即将离家的留恋之情的表现。老师们和父母都十分着急，带我到协和医院去检查。结果从透视和其他方面，都找不出有肺病的症状。医生断定是肺气支涨大，不算什么大病症。那时我的考上协和医学院的同学们和林巧稚大夫——她也还是学生，都半开玩笑地和我说："这是天才病！不要胡思乱想，心绪稳定下来就好。"

于是我一面预备行装，一面结束学业。在毕业典礼台上，我除了得到一张学士文凭之外，还意外地得到了一把荣誉奖的金钥匙。

这一年的八月三日，我离开北京到上海准备去美。临行以前，我的弟弟们和他们的小朋友们，再三要求我常给他们写信，我答应了。这就是我写那本《寄小读者》的"灵感"！

八月十七日，美国邮船杰克逊总统号就把带着满腔离愁的我，从"可爱的海棠叶形的祖国"载走了！我写过一首诗：

她是翩翩的乳燕，

横海飘游，

月明风紧，

不敢停留——

在她频频回顾的

飞翔里

总带着乡愁！

我在国内的大学生涯，从此结束。在我的短文里，写得最少的，就是这一段，而在我的回忆中，最惬意的也就是这一段，提起笔来，就说个没完了！

一九八五年三月十八日

# 我的父母之乡

清晓的江头，
白雾茫茫；
是江南天气，
雨儿来了——
我只知道有蔚蓝的海，
却原来还有碧绿的江，
这是我父母之乡！

——《繁星》一五六

福建福州永远是我的故乡，虽然我不在那里生长，但它是我的父母之乡！

到今日为止，我这一生中只回去过两次。第一次是一九一一年，是在冬季。从严冷枯黄的北方归来，看到展现在我眼前的青山碧水，红花绿叶，使我惊讶而欢喜！我觉得我的生命的风帆，已从蔚蓝的海，驶进了碧绿的江。这天我们在闽江口从大船下到小船，驶到大桥头，来接我们的伯父堂兄们把我们包围了起来，他们用乡音和我的父母热烈地交谈。

我的五岁的大弟弟悄悄地用山东话问我说："他们怎么都会说福州话？"因为从来在我们姐弟心里，福州话是最难懂难说的！

这以后的一年多的时间里，我们就过起了福州城市的生活。新年、元宵、端午、中秋……岁时节日，吃的玩的都是十分丰富而有趣。特别是灯节，那时我们家住在南后街，那里是灯市的街，元宵前后，"花市灯如昼"，灯影下人流潮涌，那光明绚丽的情景就说不尽了。

第二次回去，是在一九五六年，也是在冬季。那时还没有鹰厦铁路，我们人大代表团是从江西坐汽车进去的。一路上红土公路，道滑如拭，我还没有看见过土铺的公路，维修得这样平整的！这次我不但到了福州，还到了漳州、泉州、厦门、鼓浪屿……那是祖国的南疆了。在厦门前线，我还从望远镜里看见了金门岛上的行人和牛，看得很清楚……

回忆中的情景很多，在此就不一一描写了。总之，我很喜欢我的父母之乡。那边是南国风光，山是青的，水是绿的，小溪流更是清可见底！院里四季都有花开。水果是从枇杷、荔枝、龙眼，一直吃到福橘！对一个孩子来说，还有什么比这个更惬意的呢？

我在故乡走的地方不多，但古迹、侨乡，到处可见，福建华侨，遍于天下。我所到过的亚、非、欧、美各国都见到辛苦创业的福建侨民，握手之余，情溢言表。在他们家里、店里，吃着福州菜，喝着茉莉花茶，使我觉得作为一个福建人是四海都有家的。

我的父母之乡是可爱的。有人从故乡来，或是有朋友新近到福建去过，我都向他们问起福建的近况。他们说：福建比起二十多年前，进步得不可辨认了。最近呢，农业科学化了，又在植树造林，山岭田地更加郁郁葱葱了。他们都动员我回去看看，我何尝不想呢？不但我想，在全世界的天涯海角，更不知有多少人在想！我愿和故乡的人，以及普天下的福建侨民，一同在精神和物质文明方面，把故乡建设得更美好！

一九八二年三月二十九日

# 关于男人

我想在我终于投笔之前，

把我的老伴——和我共同生活了五十六年的吴文藻这个人，

写了出来，

这就是我此生文字生涯中最后要做的一件事，

因为这是别人不一定会做，

而且是做不完全的。

# 我的祖父

关于我的祖父，我在许多短文里，已经写过不少了。但还有许多小事、趣事，是常常挂在我的心上。我和他真正熟悉起来，还是在我十一岁那年回到故乡福州那时起，我差不多整天在他身边转悠！我记得他闲时常到城外南台去访友，这条路要过一座大桥，一定很远，但他从来不坐轿子。他还说他一路走着，常常遇见坐轿子的晚辈，他们总是赶紧下轿，向他致敬。因此他远远看见迎面走来的轿子，总是转过头去，装作看街旁店里的东西，免得人家下轿。他说这些年来，他只坐过两次轿子：一次是他手里捧着一部曲阜圣迹图（他是福州尊孔兴文会的会长），他觉得把圣书夹在腋下太不恭敬了，就坐了轿子捧着回来；还有一次是他的老友送给他一只小狗，他不能抱着它走那么长的路，只好坐了轿子。祖父给这只小狗起名叫“金狮”。我看到它时，已是一只大狗了。我握着它的前爪让它立起来时，它已和我一般高了，周身是金灿灿的发亮的黄毛。它是一只看家的好狗，熟人来了，它过去闻闻就摇起尾来，有时还用后腿站起，抬起前爪扑到人家胸前。生人来了，它就狂吠不止，让一家人都警惕起来。祖父身体极好，但有时会头痛，头痛起来就静静地躺着，这时全家人都静悄悄起来了，连“金狮”都被关到后花园里。我记得母亲静悄悄地给祖父下了一碗挂面，放在厨房桌上，四叔母又静悄悄地端起来，放在祖父床前的小桌上，旁边还放着一小碟子“苏苏”熏鸭。这“苏苏”是人名，也是福州鼓楼一间很有名的熏鸭店名。这熏鸭一定很贵，因为我们平时很少买过。

祖父对待孙女们一般比孙子们宽厚，我们犯了错误，他常常“视而不见”地让它过去。我最记得我和我的三姐（她是四叔母的女儿，和我同岁）常常给祖父“装烟”，我们都觉得从他嘴里喷出来的水烟，非常好闻。于是在一次他去南台访友，走了以后（他总是扣上前房的门，从后房走的），我们仍在他房里折叠他换下的衣衫。料想这时断不会有人来，我们就从容地拿起水烟袋，吹起纸煤，轮流吸起烟来，正在我们呛得咳嗽的时候，祖父忽然又从后房进来了，吓得我们赶紧放下水烟袋，拿起他的衣衫来乱抖乱拂，想抖去屋里的烟雾。祖父却没有说话，也没有笑，拿起书桌上的眼镜盒子，又走了出去。我们的心怦怦地跳着，对面苦笑了半天，把祖父的衣衫叠好，把后房门带上出来。这事我们当然不敢对任何人说，而祖父也始终没有对任何人说过我们这件越轨的举动。

祖父最恨赌博，即使是岁时节庆，我们家也从来听不见搓麻将、掷骰子的声音。他自己的生日，是我们一家最热闹的日子了，客人来了，拜过寿后，只吃碗寿面。至亲好友，就又坐着谈话，等着晚上的寿席，但是有麻将瘾的客人，往往吃过寿面就走了，他们不愿意坐谈半天的很拘束的客气话。

在我们大家庭里，并不是没有麻将牌的。四叔母屋里就有一副很讲究的象牙麻将牌。我记得在我回福州的第二年，我父亲奉召离家的时候，我因为要读完女子师范的第二个学期，便暂留了下来，母亲怕我们家里的人会娇惯我，便把我寄居在外婆家。但是祖父常常会让我的奶娘（那时她在祖父那里做短工）去叫我。她说：“莹官，你爷爷让你回去吃龙眼。他留给你吃的那一把龙眼，挂在电灯下面的，都烂掉得差不多了！”那时正好我的三堂兄良官，从小在我家长大的，从兵舰上回家探亲，我就和他还有二伯母屋里的四堂兄枢官，以及三姐，在夜里九点祖父睡下之后，由我出面向四叔母要出那副麻将牌来，在西院的后厅打了起来。打着打着，我忽然拼够了好几副对子，和了一副“对对和”！我高兴得拍案叫了起来。这时四叔母从她的后房急急地走了出来，低声地喝道：“你们胆子比天还大！四妹，别以为爷爷宠你，让他听见了，不但从此不疼你了，连我也有了不是，快快收起来吧！”我们吓得喏喏连声，赶紧把牌收到盒子里送了回去。这些事，现在一想起来就很内疚，我不是祖父想象里的那个乖孩子，离了他的眼，我就是一个既淘气又不守法的“小家伙”。

# 我的父亲

关于我的父亲，零零碎碎地我也写了不少了。我曾多次提到，他是在“威远”舰上，参加了中日甲午海战。但是许多朋友和读者都来信告诉我，说是他们读了近代史，“威远”舰并没有参加过海战。那时“威”字排行的战舰很多，一定是我听错了，我后悔当时我没有问到那艘战舰舰长的名字，否则也可以对得出来。但是父亲的确在某一艘以“威”字命名的兵舰上参加过甲午海战，有诗为证！

记得在一九一四至一九一五年之间，我在北京中剪子巷家里客厅的墙上，看到一张父亲的挚友张心如伯伯（父亲珍藏着一张“岁寒三友”的相片，这三友是父亲和一位张心如伯伯，一位萨幼洲伯伯。他们都是父亲的同学和同事。我不知道他们的大名，“心如”和“幼洲”都是他们的别号）贺父亲五十寿辰的七律二首，第一首的头两句我忘了：

××××××

××××××××

东沟决战甘前敌

威海逃生岂惜身

人到穷时方见节

岁当寒后始回春

而今乐得英才育

坐护皋比士气伸

第二首说的都是谢家的典故，没什么意思，但是最后两句，点出了父亲的年龄：

乌衣门第旧冠裳

想见阶前玉树芳

希逸有才工月赋

惠连入梦忆池塘

出为霖雨东山望

坐对棋枰别墅光

莫道假年方学易

平时诗礼已闻亢

从第一首诗里看来，父亲所在的那艘兵舰是在大东沟“决战”

的，而父亲是在威海卫泅水“逃生”的。

提到张心如伯伯，我还看到他给父亲的一封信，大概是父亲在烟台当海军学校校长的时期（父亲书房里有一个书橱，中间有两个抽屉，右边那个珍藏着许多朋友的书信诗词，父亲从来不禁止我去翻看）。信中大意说父亲如今安下家来，生活安定了，母亲不会再有“会少离多”的怨言了，等等。中间有几句说：“秋分白露，佳话十年，会心不远，当目笑存之。”我就去问父亲：“这佳话十年，是什么佳话？”父亲和母亲都笑了，说：那时心如伯伯和父亲在同一艘兵舰上服役。海上生活是寂寞而单调的，因此每逢有人接到家信，就大家去抢来看。当时的军官家属，会亲笔写信的不多，母亲的信总会引起父亲同伴的特别注意。有一次母亲信中提到“天气”的时候，引用了民间谚语：“白露秋分夜，一夜冷一夜”，大家看了就哄笑着逗着父亲说：“你的夫人想你了，这分明是‘鸳鸯瓦冷霜华重，翡翠衾寒谁与共’的意思！”父亲也只好红着脸把信抢了回去。从张伯伯的这封信里也可以想见当年长期在海上服务的青年军官们互相嘲谑的活泼气氛。

就是从父亲的这个书橱的抽屉里，我还翻出萨镇冰老先生的一首七绝，题目仿佛是《黄河夜渡》：

晓发××尚未寒

夜过荥泽觉衣单

黄河桥上轻车渡

月照中流好共看

父亲盛赞这首诗的末一句，说是“有大臣风度”，这首诗大概是作于清末，萨老先生当海军副大臣的时候，正大臣是载洵贝勒。

一九八四年十一月五日清晨

# 我的老伴——吴文藻

我想在我终于投笔之前，把我的老伴——和我共同生活了五十六年的吴文藻这个人，写了出来，这就是我此生文字生涯中最后要做的一件事，因为这是别人不一定会做，而且是做不完全的。

这篇文章，我开过无数次的头，每次都是情感潮涌，思绪万千，不知从哪里说起！最后我决定要稳静地简单地来述说我们这半个多世纪以来的、共同度过的、和当时全国大多数知识分子一样的“平凡”生活。

今年一月十七大雾之晨，我为《婚姻与家庭》杂志写了一篇稿子，题目就是《论婚姻与家庭》。我说：

> 家庭是社会的细胞。
>
> 有了健全的细胞，才会有一个健全的社会，乃至一个健全的国家。
>
> 家庭首先由夫妻两人组成。

夫妻关系是人际关系中最密切最长久的一种。

夫妻关系是婚姻关系，而没有恋爱的婚姻是不道德的！

恋爱不应该只感情地注意到“才”和“貌”，而应该理智地注意到双方的“志同道合”（这“志”和“道”包括爱祖国、爱人民、爱劳动等），然后是“情投意合”（这“情”和“意”包括生活习惯和爱好等）。

在不太短的时间考验以后，才能考虑到组织家庭。

一个家庭对社会对国家要负起一个健康细胞的责任，因为在它周围还有千千万万个细胞。一个家庭要长久地生活在双方人际关系之中，不但要抚养自己的儿女，还要奉养双方的父母，而且还要亲切和睦地处在双方的亲、友、师、生之中。

婚姻不是爱情的坟墓，而是更亲密的、灵肉合一的爱情的开始。

“二人同心，其利断金”是中国人民几千年智慧的结晶。

人生的道路，到底是平坦的少，崎岖的多。

在平坦的道路上，携手同行的时候，周围有和暖的春风，头上有明净的秋月。两颗心充分地享受着宁静柔畅的“琴瑟和鸣”的音乐。

在坎坷的路上，扶掖而行的时候，要坚忍地咽下各自的冤抑和痛苦，在荆棘遍地的路上，互慰互勉，相濡以沫。

有着忠贞而精诚的爱情在维护着，永远也不会有什么人为的

“划清界线”，什么离异出走，不会有家破人亡，也不会教育出那种因偏激、怪僻、不平、愤怒而破坏社会秩序的儿女。

人生的道路上，不但有“家难”，而且有“国忧”，也还有世界大战以及星球大战。

但是由健康美满的恋爱和婚姻组成的千千万万的家庭，就能勇敢无畏地面对这一切！

我接受写《论婚姻与家庭》这个任务，正是在我沉浸于怀念文藻的情绪之中的时候。我似乎没有经过构思，提起笔来就自然流畅地写了下去。意尽停笔，从头一看，似乎写出了我们自己一生共同的理想、愿望和努力的实践，写出了我现在的这篇文章的骨架！

以下我力求简练，只记下我们生活中一些有意义和有趣的值得写下的一些平凡琐事吧。

话还得从我们的萍水相逢说起。

一九二三年八月十七日，美国邮船杰克逊号，从上海启程直达美国西岸的西雅图。这一次船上的中国学生把船上的头等舱位住满了。其中光是清华留美预备学校的学生就有一百多名，因此在横渡太平洋两星期的光阴，和在国内上大学的情况差不多，不同的就是没有课堂生活，而且多认识了一些朋友。

我在贝满中学时的同学吴搂梅——已先期自费赴美——写信让我在这次船上找她的弟弟、清华学生——吴卓。我到船上的第二天，就请我的同学许地山去找吴卓，结果他把吴文藻带来了。问起名字才知道找错了人！那时我们几个燕大的同学正在玩丢沙袋的游戏，就也请他加入。以后就倚在船栏上看海闲谈。我问他到美国想学什么？他说想学社会学。他也问我，我说我自然想学文学，想选修一些英国十九世纪诗人的功课。他就列举几本著名的英美评论家评论拜伦和雪莱的书，问我看过没有？我却都没有看过。他说："你如果不趁在国外的时间，多看一些课外的书，那么这次到美国就算是白来了！"他的这句话深深地刺痛了我！我从来还没有听见过这样的逆耳的忠言。我在出国前已经开始写作，诗集《繁星》和小说集《超人》都已经出版。这次在船上，经过介绍而认识的朋友，一般都是客气地说"久仰、久仰"，像他这样首次见面，就肯这样坦率地进言，使我悚然地把他作为我的第一个诤友、畏友！

这次船上的清华同学中，还有梁实秋、顾一樵等对文艺有兴趣的人，他们办了一张《海啸》的墙报，我也在上面写过稿，也参加过他们的座谈会。这些事文藻都没有参加，他对文艺似乎没有多大的兴趣，和我谈话时也从不提到我的作品。

船上的两星期，流水般过去了。临下船时，大家纷纷写下住址，约着通信。他不知道我到波士顿的威尔斯利女子大学研究院入学后，得到许多同船的男女朋友的信函，我都只用威校的风景明片写了几句应酬的话回复了，只对他，我是写了一封信。

他是一个酷爱读书和买书的人，每逢他买到一本有关文学的书，自己看过就寄给我。我一收到书就赶紧看，看完就写信报告我的体会和心得，像看老师指定的参考书一样的认真。老师和我作课外谈话时，对于我课外阅读之广泛，感到惊奇，问我是谁给我的帮助？我告诉她，是我的一位中国朋友。她说：“你的这位朋友是个很好的学者！”这些事我当然没有告诉文藻。

我入学不到九个星期就旧病——肺气支扩大——复发，住进了沙穰疗养院。那时威校的老师和中、美同学以及在波士顿的男同学们都常来看我。文藻在新英格兰东北的新罕布什州的达特默思学院的社会学系读三年级——清华留美预备学校的最后二年，相当于美国大学二年级——新罕布什州离波士顿很远，大概要乘七八个小时的火车。我记得一九二三年冬，他因到纽约度年假，路经波士顿，曾和几位在波士顿的清华同学来慰问过我。一九二四年秋我病愈复学。一九二五年春在波士顿的中国学生为美国朋友演《琵琶记》，我曾随信给他寄了一张入场券。他本来说功课太忙不能来了，还向我道歉。但在剧后的第二天，到我的休息处——我的美国朋友家里——来看我的几个男同学之中，就有他！

一九二五年的夏天，我到绮色佳的康耐尔大学的暑期学校补习法文，因为考硕士学位需要第二外国语。等我到了康耐尔，发现他也来了，事前并没有告诉我，这时只说他大学毕业了，为读硕士也要补习法语。这暑期学校里没有别的中国学生，原来在康耐尔学习的，这时都到别处度假去了。绮色佳是一个风景区，因此我们几乎每天课后都在一起游山玩水，每晚从图书馆出来，还坐在石阶上闲谈。夜凉如水，头上不是明月，就是繁星。到那时为止，我们信函往来，已有了两年的历史了，彼此都有了较深的了解，于是有一天在湖上划船的时候，他吐露了愿和我终身相处。经过了一夜的思索，第二天我告诉他，我自己没有意见，但是最后的决定还在于我的父母，虽然我知道只要我没意见，我的父母是不会有意见的！

一九二五年秋，他入了纽约哥伦比亚大学，离波士顿较近，通信和来往也比较频繁了。我记得这时他送我一大盒很讲究的信纸，上面印有我的姓名缩写的英文字母。他自己几乎是天天写信，星期日就写快递，因为美国邮局星期天是不送平信的，这时我的宿舍里的舍监和同学们都知道我有个特别要好的男朋友了。

一九二五年冬，我的威校同学王国秀，毕业后升入哥伦比亚大学的，写信让我到纽约度假。到了纽约，国秀同文藻一起来接我。我们在纽约玩得很好，看了好几次莎士比亚的戏。

一九二六年夏，我从威校研究院取得了硕士学位，应邀回母校燕大任教。文藻写了一封很长的信，还附了一张相片，让我带回国给我的父母。我回到家还不好意思面交，只在一天夜里悄悄地把信件放在父亲床前的小桌上。第二天，父母亲都没有提到这件事，我也更不好问了。

一九二八年冬，他在哥伦比亚大学得了博士学位，还得到哥校"最近十年内最优秀的外国留学生"奖状。他取道欧洲经由苏联，于一九二九年初到了北京。这时他已应了燕大和清华两校教学之聘，燕大还把在燕南园兴建的一座小楼，指定给我们居住。

那时我父亲在上海海道测量局任局长。文藻到北京不几天就回到上海，我的父母很高兴地接待了他，他在我们家住了两天，又回他江阴老家去。从江阴回来，就在我家举行了简单的订婚仪式。

年假过后，一九二九年春，我们都回到燕大教学，我在课余还忙于婚后家庭的一切准备。他呢，除了请木匠师傅在楼下他的书房的北墙，用木板做一个“顶天立地”的大书架之外，只忙于买几张半新的书橱，卡片柜和书桌等，把我们新居的布置装饰和庭院栽花种树，全都让我来管。

我们的婚礼是在燕大的临湖轩举行的，一九二九年六月十五日是个星期六。婚礼十分简单，客人只有燕大和清华两校的同事和同学，那天待客的蛋糕、咖啡和茶点，我记得只用去三十四元！

新婚之夜是在京西大觉寺度过的。那间空屋子里，除了自己带去的两张帆布床之外，只有一张三条腿的小桌子——另一只脚是用碎砖垫起的。两天后我们又回来分居在各自的宿舍里，因为新居没有盖好，学校也还没有放假。

暑假里我们回到上海和江阴省亲。他们为我们举办的婚宴，比我们在北京自己办的隆重多了，亲友也多，我们把收来的许多红幛子，都交给我们两家的父母，作为将来亲友喜庆时还礼之用。

朋友们都劝我们到杭州西湖去度蜜月，可是我们只住了一天就热坏了，夏天的西湖就像蒸锅一般！那时刘放园表兄一家正在莫干山避暑，我们被邀到莫干山住了几天。文藻惦记着秋后的教学，我惦念着新居的布置，在假满之前，匆匆地又回到了北京。关于这一段，我在《第一次宴会》那篇小说里曾描写过。

上课后，文藻就心满意足地在他的书房里坐了下来，似乎从此就可以过一辈子的备课、教学、研究的书呆子生活了。

一九三〇年是我们两家多事之秋，我的母亲和文藻的父亲相继逝世。他的母亲就北上和我们同住，我的父亲不久也退休回到北京来。这时我的二弟为杰已升入燕大，他的妹妹剑群也入了燕大读家政系。他们都住在宿舍，却都常回来。我没有姐妹，文藻没有兄弟，这时双方都觉得有了补偿。

这里不妨插进一件趣事。一九二三年我初到美国，花了五块美金，照了一两张相片，寄回国来，以慰我父母想念之情。那张大点的相片，从我母亲逝世后文藻就向我父亲要来，放在他的书桌上，我问他："你真的每天要看一眼呢，还只是一件摆设？"他笑说："我当然每天要看了。"有一天我趁他去上课，把一张影星阮玲玉的相片，换进相框里，过了几天，他也没理会。后来还是我提醒他："你看桌上的相片是谁的？"他看了才笑着把相片换了下来，说："你何必开这样的玩笑？"还有一次是一个阳光灿烂的春天上午，我们都在楼前赏花，他母亲让我把他从书房里叫出来。他出来站在丁香树前目光茫然地又像应酬我似的问："这是什么花？"我忍笑回答："这是香丁。”他点了点头说：“呵，香丁。”大家听了都大笑起来。

婚后的几年，我仍在断断续续地教学，不过时间减少了。一九三一年二月，我们的儿子吴平出世了。一九三五年五月我们又有了一个女儿——吴冰。我尝到了做母亲的快乐和辛苦。我每天早晨在特制的可以折起的帆布高几上，给孩子洗澡。我们的弟妹和学生们，都来看过，而文藻却从来没有上楼来分享我们的欢笑。

在燕大教学的将近十年的光阴，我们充分地享受了师生间亲切融洽的感情。我们不但有各自的学生，也有共同的学生。我们不但有课内的接触，更多的是课外的谈话和来往。学生们对我们倾吐了许多生命里的问题：婚姻，将来的专业等，能帮上忙的，就都尽力而为，文藻侧重的是选送学社会学的研究生出国深造的问题。在一九三五至一九三六年，文藻休假的一年，我同他到欧美转了一周。他在日本、美国、英国、法国，到处寻师访友，安排了好几个优秀学生的入学从师的问题。他在自传里提到说：“我对于哪一个学生，去哪一个国家，哪一个学校，跟谁为师和吸收哪一派理论和方法等问题，都大体上作了具体的、有针对性的安排。”因此在这一年他仆仆于各国各大学之间的时候，我只是到处游山玩水，到了法国，他要重到英国的牛津和剑桥学习“导师制”，我却自己在巴黎住了悠闲的一百天！一九三七年六月底，我们取道西伯利亚回国，一个星期后，“七七事变”便爆发了！

上次未完待续的稿是今年四月二十四日写的。七个月过去了，中间编辑同志曾多次来催，就总是写不下去！“七七事变”以后几十年生活的回忆，总使我胆怯心酸，不能下笔——

说起我和文藻，真是“隔行如隔山”，他整天在书房里埋头写些什么，和学生们滔滔不绝地谈些什么，我都不知道。他那“顶天立地”的大书架摞着的满满的中外文的社会学、人类学的书，也没有引起我去翻看的勇气。要评论他的学术和工作，还是应该看他的学生们写的记述和悼念他的文章，以及他在一九八二年应《晋阳学刊》之约，发表在该刊第六期上的他的《自传》，这篇将近九千字的自传里讲的是：他自有生以来，进的什么学校，读的什么功课，从哪位老师受业，写的什么文章，交的什么朋友，然后是教的什么课程，培养的哪些学生……提到我的地方，只有两处：我们何时相识，何时结婚，短短的几句！至于儿女们的出生年月和名字，竟是只字不提。怪不得他的学生写悼念他的文章里，都说：“吴老曾感慨地说：‘我花在培养学生身上的精力和心思，比花在我自己儿女身上的多多了’。”

我不能请读者都去看他的《自传》，但也应该用他《自传》里的话，来总括他在“七七事变”前在燕大将近十年的工作：（一）是讲课，用他学生的话说是“建立‘适合我国国情’的社会学教学和科研体系，使‘中国式的社会学’扎根于中国的土壤之上。”（二）是培养专业人才，请进外国的专家来讲学和指导研究生，派出优秀的研究生去各国留学。（“请进来”和“派出去”的专家和学生的名字和国籍只能从略。）（三）是提倡社区研究。“用同一区位的或文化的观点和方法，来分头进行各种地域不同的社会研究。”我只知道那时有好几位常来我家讨论的学生，曾分头到全国各地去做这种工作，现在这几位都是知名的学者和教授，在这里我不敢借他们的盛名来增光我的篇幅！但我深深地体会到文藻那些年的“茫然的目光”和“一股傻气”的后面，隐藏了多少的“精力和心思”！这里不妨再插进一首嘲笑他的宝塔诗，是我和清华大学校长梅贻琦老先生凑成的。上面的七句是：

马
香丁
羽毛纱
样样都差
傻姑爷到家
说起真是笑话
教育原来在清华

“马”和“羽毛纱”的笑话是抗战前在北京，有一天我们同到城里去看望我父亲，我让他上街去给孩子买“萨其玛”（一种点心），孩子不会说萨其玛，一般只说“马”。因此他到了铺子里，也只会说买“马”。还有我要送我父亲一件双丝葛的夹袍面子。他到了“稻香村”点心店和“东升祥”布店，这两件东西的名字都说不出来。亏得那两间店铺的售货员，和我家都熟，打电话来问。“东升祥”的店员问：“您要买一丈多的羽毛纱做什么？”我们都大笑起来，我就说：“他真是个傻姑爷！”父亲笑了说：“这傻姑爷可不是我替你挑的！”我也只好认了。抗战后我们到了云南，梅校长夫妇到我呈贡家里来度周末，我把这一腔怨气写成宝塔诗发泄在清华身上。梅校长笑着接写下面两句：

冰心女士眼力不佳

书呆子怎配得交际花

当时在座的清华同学都笑得很得意，我又只好认我的“作法自毙”。

回来再说些正经的吧，“七七事变”后这一年，北大和清华都南迁了，燕大因为是美国教会办的，那时还不受干扰。但我们觉得在敌后一刻也待不下去了，同时，文藻已经同大后方的云南大学联系好了，用英庚款在云大设置了社会人类学讲座，由他去教学。那时只因为我怀着小女儿吴青，她要十一月才出世，燕大方面也苦留我们再待一年。这一年中，我们只准备离开的一切——这一段我在《丢不掉的珍宝》一文中，写得很详细。

一九三八年秋，我们才取海道由天津经上海，把文藻的母亲送到他的妹妹处，然后经香港从安南（当时的越南）的海防坐小火车到了云南的昆明。这一路，旅途的困顿曲折，心绪的恶劣悲愤，就不能细说了。记得到达昆明旅店的那夜，我们都累得抬不起头来，我怀抱里的不过八个月的小女儿吴青忽然咯咯地拍掌笑了起来，我们才抬起倦眼惊喜地看到座边圆桌上摆的那一大盆猩红的杜鹃花！

用文藻自己的话说："自一九三八年离开燕京大学，直到一九五一年从日本回国，我的生活一直处在战时不稳定的状态之中。"

他到了云南大学，又建立起了社会学系并担任了系主任，同年又受了北京燕大的委托，成立了燕大和云大合作的"实地调查工作站"。我们在昆明城内住了不久，又有日机轰炸，就带着孩子们迁到郊外的呈贡，住在"华氏墓庐"，我把这座祠堂式的房子改名为"默庐"，我在一九四〇年二月为香港《大公报》（应杨刚之约）写的《默庐试笔》中写得很详细。

从此，文藻就和我们分住了。他每到周末，就从城里骑马回家，还往往带着几位西南联大的没带家眷的朋友，如称为"三剑客"的罗常培、郑天翔和杨振声。这些苦中作乐的情况，我在为罗常培先生写《蜀道难》序中，也都描述过了。

一九四〇年底，因英庚款讲座受到干扰，不能继续，同时在重庆的国防最高委员会工作的清华同学，又劝他到委员会里当参事，负责研究边疆的民族、宗族和教育问题，并提出意见。于是我们一家又搬到重庆去了。

到了重庆，文藻仍寄居在城内的朋友家里，我和孩子们住在郊外的歌乐山，那里有一所没有围墙的土屋，是用我们卖书的六千元买来的。我把它叫作“潜庐”，关于这座土屋和门前风景，我在《力构小窗随笔》中也说过了。

我记得一九四二年春，文藻得了很重的肺炎，我陪他在山下的“中央医院”也就是“上海医学院”的附属医院，住了将近一个月，他受到内科钱德主任的精心医治，据钱主任说肺炎一般在一星期内外，必有一个转折期，那时才知凶吉。但是文藻那时的高烧一直延长到十三天！有一天早上，护士试过了他的脉搏，惊惶而悄悄地来告诉我说：“他的脉搏只有三十六下了。”急得我赶紧跑到医院后面的宿舍里去找王鹏万大夫夫妇——他的爱人张女士是我的同学——那时我只觉得双腿发软，连一座小小的山坡都走不上去！等我和王大夫夫妇回到病房来时，看见文藻身上的被子已被掀起来了，床边站满了大夫和护士，我想他一定“完”了！回头看见窗前桌上放着两碗刚送来的早餐热粥，我端起碗来一口气都喝了下去。我觉得这以后我要办的事多得很，没有一点力气是不行的。谁知道再一回头看到文藻翻了一个身，长长地嘘了一口气，迸出一身冷汗。大夫们都高兴地又把被子给他盖上，说：“这转折点终于来了！”又都回头对我笑说，“好了，您不用难过了……”我擦着脸上的汗说：“你们辛苦了！他就是这么一个人，什么都慢！”

我的身心交瘁的一个多月过去了，却又忙着把他搬回山上来，那时没有公费医疗，多住一天，就得多付一天的住院费，我这个以“社会贤达”的名义被塞进“参政会”的参政员，每月的“工资”也只是一担白米。回家后还是亏了一位文藻的做买卖的亲戚，送来一只鸡和两只广柑，作为病后的补品，偏偏我在一杯广柑汁内，误加了白盐，我又舍不得倒掉，便自己仰脖喝了下去！

回家后，大女儿吴冰向我诉苦，说五月一日是她的生日，富奶奶（关于这位高尚的人，我将另有文章记述）只给她吃一个上面插着一支小蜡烛的馒头。这时文藻躺在家里床上，看到爬到他枕边的、穿着一身浅黄色衣裙，发上结着一条大黄缎带的小女儿吴青（这也是富奶奶给她打扮的），脸上却漾出了病后从未有过的一丝微笑！

文藻不是一个能够安心养病的人。一九四三年初，他就参加了“中国访问印度教育代表团”去过印度，着重考察了印度的民族和印度教与伊斯兰教的冲突问题，同年的六月，他又参加了“西北建设考察团”，担任以新疆民族为主的西北民族问题调查。一九四四年底，他又参加了去到美国的“战时太平洋学会”，讨论各盟国战后对日处理方案。会后他又访问了哈佛、耶鲁、芝加哥、普林斯顿各大学的研究中心，去了解他们战时和战后的研究计划和动态，他得到的收获就是了解到“行为科学”的研究已从“社会关系学”发展到了以社会学、人类学、社会心理学三门结合的研究。

一九四五年八月十四日夜，我们在歌乐山上听到了日本帝国主义者无条件投降的消息。那时在“中央大学”和在“上海医学院”学习的我们的甥女和表侄女们，都高兴得热泪纵横。我们都恨不得一时就回到北平去，但是那时的交通工具十分拥挤，直到一九四五年底我们才回到了南京。正在我们做北上继续教学的决定时，一九四六年初，文藻的清华同学朱世明将军受任中国驻日代表团团长，他约文藻担任该团的政治组长，兼任盟国对日委员会中国代表顾问。文藻正想了解战后日本政局和重建的情况和形势，他想把整个日本作为一个大的社会现场来考察、做专题研究，如日本天皇制、日本新宪法、日本新政党、财阀解体、工人运动等，在中日邦交没有恢复，没有友好往来之前，趁这机会去日，倒是一个方便，但他只做一年打算。因此当他和朱世明将军到日本去的时候，我自己将两个大些的孩子吴平和吴冰送回北京就学，住在我的大弟妇家里；我自己带着小女儿吴青暂住在南京亲戚家里，这一段事我都写在一九四六年十月的《无家乐》那一篇文章里。当年的十一月，文藻又回来接我带着小女儿到了东京。

现在回想起来，在东京的一段时间，是我们生命中的一个转折点。文藻利用一切机会，同美国来日研究日本问题的专家学者以及东京大学、京都大学的同行人士多有接触。我自己也接触了当年在美留学时的日本同学和一些妇女界人士，不但比较深入地了解了当时日本社会上存在的种种问题，同时也深入地体会了美帝国主义的侵略本性！

这时我们结交了一位很好的朋友——谢南光同志，他是代表团政治组的副组长，也是一个地下共产党员。通过他，我们研读了许多毛主席著作，并和国内有了联系。文藻有个很“不好”的习惯，就是每当买来一本新书，就写上自己的名字和年、月、日。代表团里本来有许多台湾特务系统，如军统、中统等据说有五个之多。他们听说政治组同人每晚以在吴家打桥牌为名，共同研讨毛泽东著作，便有人在一天趁文藻上班，溜到我们住处，从文藻的书架上取走一本《论持久战》。等到我知道了从卧室出来时，他已走远了。

我们有一位姓林的朋友——他是横滨领事，对共产主义同情的，被召回台湾即被枪毙了。文藻知道不能在代表团继续留任。一九五〇年他向团长提出辞职，但离职后仍不能回国，因为我们持有的是台湾政府的护照，这时华人能在日本居留的，只有记者和商人。我们没有经商的资本，就通过朱世明将军和新加坡巨商胡文虎之子胡好的关系，取得了《星槟日报》记者的身份，在东京停留了一年，这时美国的耶鲁大学聘请文藻到该校任教，我们把赴美的申请书寄到台湾，不到一星期便被批准了！我们即刻离开了日本，不是向东，而是向西到了香港，由香港回到了祖国！

这里应该补充一点，当年我送回北京学习的儿女，因为我们在日本的时期延长了，便也先后到了日本。儿子吴平进了东京的美国学校，高中毕业后，我们的美国朋友都劝我们把他送到美国去进大学，他自己和我们都不赞成到美国去。便以到香港大学进修为名，买了一张到香港而经塘沽的船票。他把我们给国内的一封信缝在裤腰里，船到塘沽他就溜了下去，回到北京。由联系方面把他送进了北大，因为他选的是建筑系，以后又转入清华大学——文藻的母校。他回到北京和我们通信时，仍由香港方面转。因此我们一回到香港，北京方面就有人来接，我们从海道先到了广州。

回国后的兴奋自不必说！一九五一年至一九五三年之间，文藻都在学习，为接受新工作做准备。中间周总理曾召见我们一次，这段事我在一九七六年写的《永远活在我们心中的周总理》一文中叙述过。

一九五三年十月，文藻被正式分配到中央民族学院工作。新中国成立后，社会学和其他的社会科学如心理学等，都被扬弃了竟达三十年之久。文藻这时是致力于研究国内少数民族情况。他担任了这个研究室和历史系“民族志”研究室的主任。他极力主张“民族学中国化”“把包括汉族在内的整个中华民族作为中国民族学的研究，让民族学植根于中国土壤之中”。这段详细的情况，在《中央民族学院学报》一九八六年第二期，金天明和龙平平同志的《论吴文藻的“民族学中国化”的思想》一文中，都讲得很透彻，我这个外行人，就不必多说了。

一九五八年四月，文藻被错划为右派。这件意外的灾难，对他和我都是一个晴天霹雳！因为在他的罪名中，有“反党反社会主义”一条，在让他写检查材料时，他十分认真地苦苦地挖他的这种思想，写了许多张纸！他一面痛苦地挖着，一面用迷茫和疑惑的眼光看着我说：“我若是反党反社会主义，就到国外去反好了，何必千辛万苦地借赴美的名义回到祖国来反呢？”我当时也和他一样“感到委屈和沉闷”，但我没有说出我的想法，我只鼓励他好好地“挖”，因为他这个绝顶认真的人，你要是在他心里引起疑云，他心里就更乱了。

正在这时，周总理夫妇派了一辆小车，把我召到中南海西花厅，那所简朴的房子里。他们当然不能说什么，也只十分诚恳地让我帮他好好地改造，说“这时最能帮助他的人，只能是他最亲近的人了……”我一见到邓大姐就像见了亲人一样，我的一腔冤愤就都倾吐了出来！我说：“如果他是右派，我也就是漏网右派，我们的思想都差不多，但决没有‘反党反社会主义’的思想！”我回来后向文藻说了总理夫妇极其委婉地让他好好改造。他在自传里说“当时心里还是感到委屈和沉闷，但我坚信事情终有一天会弄清楚的”。一九五九年十二月，文藻被摘掉右派分子的帽子。一九七九年又被把错划予以改正。

作为一个旁观者，我看到一九五七年，在他以前和以后几乎所有的社会学者都被划成右派分子，在他以后，还有许许多多我平日所敬佩的各界的知名人士，也都被划为右派，这其中还有许多年轻人和大学生。我心里一天比一天地坦然了。原来被划为右派，在明眼人的心中，并不是一件可羞耻的事！

文藻被划为右派后，接到了撤销研究室主任的处分，并被剥夺了教书权，送社会主义学院学习。一九五九年以后，文藻基本上是从事内部文字工作，他的著作大部分没有发表，发表了也不署名，例如从一九五九到一九六六年期间与费孝通（他已先被划为右派！）共同校订少数民族史志“三套丛书”，为中宣部提供西方社会学新出名著，为《辞海》第一版民族类词目撰写释文等，多次为外交部交办的边界问题提供资料和意见。并参与了校订英文汉译的社会学名著工作。他还与费孝通共同搜集有关帕米尔及其附近地区历史、地理、民族情况的英文参考资料等，十年动乱中这些资料都散失了！

一九六六年“文革”开始了，我和他一样靠边站，住牛棚，那时我们一家八口（我们的三个子女和他们的配偶）分散在八个地方，如今单说文藻的遭遇。他在一九六九年冬到京郊石棉厂劳动，一九七〇年夏又转到湖北沙洋民族学院的干校。这时我从作协的湖北咸宁的干校，被调到沙洋的民族学院的干校来。久别重逢后不久又从分住的集体宿舍搬到单间宿舍，我们都十分喜幸快慰！实话说，经过反右期间的惊涛骇浪之后，到了十年浩劫，连国家主席、开国元勋，都不能幸免，像我们这些“臭老九”，没有家破人亡，就是万幸了，又因为和民院相熟的同人们在一起劳动，无论做什么都感到新鲜有趣。如种棉花，从在瓦罐里下种选芽，直到在棉田里摘花为止，我们学到了许多技术，也流了不少汗水。湖北夏天，骄阳似火，当棉花秆子高与人齐的时候，我们在密集闭塞的棉秆中间摘花，浑身上下都被热汗浸透了，在出了棉田回到干校的路上，衣服又被太阳晒干了。这时我们都体会到古诗中的“锄禾日当午，汗滴禾下土”句中的甘苦，我们身上穿的一丝一缕，也都是辛苦劳动的果实呵！

一九七一年八月，因为美国总统尼克松将有访华之行，文藻和我以及费孝通、邝平章等八人，先被从沙洋干校调回北京民族学院，成立了研究部的编译室。我们共同翻译校订了尼克松的《六次危机》的下半部分。接着又翻译了美国海斯、穆恩、韦兰合著的《世界史》，最后又合译了英国大文豪韦尔斯著的《世界史纲》，这是一部以文论史的“生物和人类的简明史”的大作！那时中国作家协会还没有恢复，我很高兴地参加了这本巨著的翻译工作，从攻读原文和参考书籍里，我得到了不少学问和知识。那几年我们的翻译工作，是十年动乱的岁月中，最宁静、最惬意的日子！我们都在民院研究室的三楼上，伏案疾书，我和文藻的书桌是相对的，其余的人都在我们的隔壁或旁边。文藻和我每天早起八点到办公室，十二时回家午饭，饭后二时又回到办公室，下午六时才回家。那时我们的生活“规律”极了，大家都感到安定而没有虚度了光阴！现在回想起来，也亏得那时是“百举俱废”的时期，否则把我们这几个后来都是很忙的人召集在一起，来翻译这一部洋洋数百万言的大书，也不是一件容易的事。

“四人帮”被粉碎之后，各种学术研究又得到恢复，社会学也开始受到了重视和发展。一九七九年三月，文藻十分激动地参加了重建社会学会的座谈会，作了《社会学与现代化》的发言，谈了多年来他想谈而不能谈的问题。当年秋季，他接受了带民族学专业研究生的任务，并在集体开设的“民族学基础”中，分担了“英国社会人类学”的教学任务。文藻恢复工作后，精神健旺了，又感到近几年来我们对西方民族学战后的发展和变化了解太少，就特别注意关于这方面材料的收集。一九八一年底，他写了《战后西方民族学的变化》，介绍了西方民族学战后出现的流派及其理论，这是他最后发表的一篇文章了！

他在自传里最后说："由于多年来我国的社会学和民族学未被承认，我在重建和创新工作还有许多要做，我虽年老体弱，但我仍有信心在有生之年为发展我国的社会学和民族学作出贡献。"

他的信心是有的，但是体力不济了。近几年来，我偶尔从旁听见他和研究生们在家里的讨论和谈话，声音都是微弱而喑哑的，但他还是努力参加了研究生们的毕业论文答辩，校阅了研究生们的翻译稿件，自己也不断地批阅西方的社会学和民族学的新作，又做些笔记。一九八三年我们搬进民族学院新建的高知楼新居，朝南的屋子多，我们的卧室兼书房，窗户宽大，阳光灿烂，书桌相对，真是窗明几净。我从一九八〇年秋起得了脑血栓后又患右腿骨折，已有两年足不出户了。我们是终日隔桌相望，他写他的，我写我的，熟人和学生来了，也就坐在我们中间，说说笑笑，享尽了人间"偕老"的乐趣。这也是十一届三中全会以后，我们得到的政府各方面特殊照顾的丰硕果实。

"夕阳无限好，只是近黄昏"，这也是天然规律，文藻终于在一九八五年七月三日最后一次住进北京医院，再也没有出来了。他的床前，一直只有我们的第二代、第三代的孩子们在守护，我行动不便，自己还要人照顾，便也不能像一九四二年他患肺炎时那样，日夜守在他旁边了。一九八五年九月二十四日早晨，我们的儿子吴平从医院里打电话回来告诉我说："爹爹已于早上六时二十分逝世了！"

遵照他的遗嘱：不向遗体告别，不开追悼会，火葬后骨灰投海。存款三万元捐献给中央民院研究所，作为社会民族学研究生的助学金。九月二十七日下午，除了我之外，一家大小和近亲密友（只是他的几位学生）在北京医院的一间小厅里，开了一个小型的告别会（有好几位民院、民委、中联部的领导同志要去参加，我辞谢他们说：我都不去你们更不必去了），这小型的告别会后，遗体便送到八宝山火化。九月二十九日晨，我们的儿女们又到火葬场拾了遗骨，骨灰盒就寄存在革命公墓的骨灰室架子上。等我死后，我们的遗骨再一同投海，也是"死同穴"的意思吧！

文藻逝世后一段时间内的情况，我在《衷心的感谢》一文中（见《文汇月刊》一九八六年第一期）都写过了。

现在总起来看他的一生，的确有一段坎坷的日子，但他的"坎坷"是和当时绝大多数的知识分子"同命运"的。一九八六年第十八期《红旗》上，有一篇"本刊特约评论员"的文章《引导知识分子坚持走健康成长的道路》中的党对知识分子问题的第四阶段上，讲得就非常地客观而公允！

第四阶段，从1957年到1976年。前十年由于党的指导思想发生了"左"的偏差，党的知识分子政策开始偏离了正确的方向，知识分子工作也经历了曲折的道路。主要表现是轻视知识，歧视知识分子，以种种罪名排斥和打击了一些知识分子，使不少人长期蒙受冤屈。这种错误倾向，在长达十年的“文化大革命”中，发展到了荒谬绝伦的地步，把广大知识分子诬蔑为“臭老九”，把学有所长、术有专攻的知识分子诬蔑为“反动学术权威”，只片面地强调知识分子要向工农学习，不提工农群众也要向知识分子学习，人为地制造了工人农民同知识分子之间的对立，而重视知识分子，爱护知识分子，反被说成是搞“修正主义”，有“亡党亡国”的危险。摧残知识分子成为十年浩劫的重要组成部分。

读了这篇文章，使我从心里感觉到中国共产党真是一个伟大、英明、正确的无产阶级政党，是一个“有严明纪律和富于自我批评精神的无产阶级政党”。可惜的是文藻没能赶上批读这篇文章了！

写到这里，我应当搁笔了。他的也就是我们的晚年，在精神和物质方面，都没有感到丝毫的不足。要说他八十五岁死去更不能说是短命，只是从他的重建和发展中国社会学的志愿和我们的家人骨肉之间的感情来说，对于他的忽然走开，我是永远抱憾的！

一九八六年十一月二十一日

# 一位最可爱可佩的作家

这位作家就是巴金。

为什么我把可爱放在可佩的前头？因为我爱他就像爱我自己的亲弟弟们一样——我的孩子们都叫他巴金舅舅——虽然我的弟弟们在学问和才华上都远远地比不上他。

我在《关于男人》这本书里《他还在不停地写作》一文里，已经讲过我们相识的开始，那时他给我的印象是腼腆而带些忧郁和沉默。但在彼此熟识而知心的时候，他就比谁都健谈！我们有过好几次同在一次对外友好访问团的经历，最后一次就是一九八〇年到日本的访问，他的女儿小林和我的小女儿吴青都跟我们去了。在一个没有活动节目的晚上，小林、吴青和一些年轻的团员们都去东京街上游逛。招待所里只剩下我们两个。我记得那晚上在客厅里，他滔滔不绝地和我谈到午夜，我忘了他谈的什么，是他的身世遭遇？还是中日友好？总之，到夜里十二点，那些年轻人还没有回来，我就催他说："巴金，我困了，时间不早了，你这几天也很累，该休息了。"他才回屋去睡觉。

就在这一年的九月，我得了脑血栓后又摔折了右腿，从此闭门不出。我一直住在北京，他住在上海，见面时很少，但我们的通信不断。我把他的来信另外放在一个深蓝色的铁盒子里，将来也和我的一些有上下款的书画，都送给他创办的“中国现代文学馆”。

他的可佩——我不用“可敬”字样，因为“敬”字似乎太客气了——之处，就是他为人的“真诚”。文藻曾对我说过：“巴金真是一个真诚的朋友。”他对我们十分关心，我最记得四十年代初期在重庆，我因需要稿费，用“男士”的笔名写的那本《关于女人》的书，巴金知道我们那时的贫困，就把这本书从剥削作家的“天地出版社”拿出来，交给了上海的“开明书店”，每期再版时，我都得到稿费。

文藻和我又都认为他最可佩服之处，就是他对恋爱和婚姻的态度上的严肃和专一。我们的朋友里有不少文艺界的人，其中有些人都很“风流”，对于钦慕他们的女读者，常常表示了很随便和不严肃的态度和行为。巴金就不这样，他对萧珊的爱情是严肃、真挚而专一的，这是他最可佩处之一。

至于他的著作之多，之好，就不用我来多说了，这是海内外的读者都会谈得很多的。

总之，他是一个爱人类，爱国家，爱人民，一生追求光明的人，不是为写作而写作的作家。

他近来身体也不太好，来信中说过好几次他要“搁笔”了，但是我不能相信！

我自己倒是好像要搁笔了，近来我承认我“老了”，身上添了许多疾病，近日眼睛里又有了白内障，看书写字都很困难，虽然我周围的人，儿女、大夫和朋友们都百般地照顾我，我还是要趁在我搁笔之前，写出我对巴金老弟的“爱”与“佩”。

为着人类、国家和人民的“光明”，我祝他健康长寿！

一九八九年一月二十六日阳光满案之晨

# 关于女人

她是一个典型的贤妻良母，

至少母亲对于我们解释贤妻良母的时候，

她以为贤妻良母，

应该是丈夫和子女的匡护者。

# 我的母亲[①]

谈到女人，第一个涌上我的心头的，就是我的母亲，因在我的生命中，她是第一个对我失望的女人。

在我以前，我有两个哥哥，都是生下几天就夭折的，算命的对她说："太太，你的命里是要先开花后结果的，最好能先生下一个姑娘，庇护以后的少爷。"因此，在她怀我的时候，她总希望是一个女儿。她喜欢头生的是一个姑娘，会帮妈妈看顾弟妹，温柔、体贴、分担忧愁。不料生下我来，又是一个儿子。在合家欢腾之中，母亲只是默然地躺在床上。祖父同我的姑母说："三嫂真怪，生个儿子还不高兴！"

母亲究竟是母亲，她仍然是不折不扣地爱我，只是常常念道："你是儿子兼女儿的，你应当有女儿的好处才行。"我生后三天，祖父拿着我的八字去算命。算命的还一口咬定这是女孩的命，叹息着

① 20世纪40年代初期，冰心在重庆歌乐山隐居之时，用"男士"的笔名写了一本《关于女人》，本文为其中一篇。

说："可惜是个女孩子，否则准做翰林。"母亲也常常拿我取笑说："如今你是一个男子，就应当真做个翰林了。"幸而我是生在科举久废的新时代，否则，以我的才具而论，哪有三元及第荣宗耀祖的把握呢？

在我底下，一连串地又来了三个弟弟，这使母亲更加失望。然而这三个弟弟倒是个个留住了。当她抱怨那个算命的不灵的时候，我们总笑着说，我们是"无花果"，不必开花而即累累结实的。

母亲对于我的第二个失望，就是我总不想娶亲。直至去世时为止，她总认为我的一切，都能使她满意，所差的就是我竟没有替她娶回一位，有德有才而又有貌的媳妇。其实，关于这点，我更比她着急，只是时运不济，没有法子。在此情形之下，我只有竭力鼓励我的弟弟们先我而娶，替他们介绍"朋友"，造就机会。结果，我的二弟，在二十一岁大学刚毕业时就结了婚。母亲跟前，居然有了一个温柔贤淑的媳妇，不久又看见了一个孙女的诞生，于是她才相当满足地离开了人世。

如今我的三个弟弟都已结过婚了，他们的小家庭生活，似乎都很快乐。我的三个弟妇，对于我这老兄，也都极其关切与恭敬。只有我的二弟妇常常笑着同我说："大哥，我们做了你的替死鬼，你看在这兵荒马乱米珠薪桂的年头，我们这五个女孩子怎么办？你要代替我们养一两个才行。"她怜惜地抚摩着那些黑如鸦羽的小头。她哪里舍得给我养呢！那五个女孩子围在我的膝头，一齐抬首的时候，明艳得如同一束朝露下的红玫瑰花。

母亲死去整整十年了。去年父亲又已逝世。我在各地漂泊，依然是个孤身汉子。弟弟们的家，就是我的家，那里有欢笑，有温情，有人照应我的起居饮食，有人给我缝衣服补袜子。我出去的时候，回来总在店里买些糖果，因为我知道在那栏杆上，有几个小头伸着望我。去年我刚到重庆，就犯了那不可避免的伤风，头痛得七八天睁不开眼，把一切都忘了。一天早晨，航空公司给我送来一个包裹，是几个小孩子寄来的，其中的小包裹是从各地方送到，在香港集中的。上面有一个卡片，写着："大伯伯，好些日子不见信了，圣诞节你也许忘了我们，但是我们没有忘了你！"我的头痛立刻好了，漆黑的床前，似乎竖起了一棵烛光辉煌的圣诞树！

回来再说我的母亲吧。自然，天下的儿子，至少有百分之七十，认为他的母亲乃是世界上最好的母亲。我则以为我的母亲，乃是世界上最好的母亲中最好的一个。不但我如此想，我的许多朋友也如此说。她不但是我的母亲，而且是我的知友。我有许多话不敢同父亲说的，敢同她说：不能对朋友提的，能对她提。她有现代的头脑，稳静公平地接受现代的一切。她热烈地爱着"家"，以为一个美好的家庭，乃是一切幸福和力量的根源。她希望我早点娶亲，目的就在愿意看见我把自已的身心，早点安置在一个温暖快乐的家庭里面。然而，我的至爱的母亲，我现在除了"尚未娶妻"之外，并没有失却了"家"之一切！

我们的家，确是一个安静温暖而又快乐的家。父亲喜欢栽花养狗；母亲则整天除了治家之外，不是看书，就是做活，静悄悄地没有一点声息。学伴们到了我们家里，自然而然地就会低下声来说话。然而她最鼓励我们运动游戏，外院里总有秋千、杠子等设备。我们学武术、学音乐（除了我以外，弟弟们都有很好的成就）。母亲总是高高兴兴的，接待父亲和我们的朋友。朋友们来了，玩得好，吃得好，总是欢喜满足地回去。却也有人带着眼泪回家，因为他想起了自己死去的母亲，或是他的母亲，同他不曾发生什么情感的关系。

我的父亲是大家庭中的第三个儿子。他的兄弟姊妹很多，多半是不成材的，于是他们的子女的教养，就都堆在父亲的肩上。对于这些，母亲充分地帮了父亲的忙，父亲付与了一份的财力，母亲贴上了全副的精神。我们家里总有七八个孩子同住，放假的时候孩子就更多。母亲以孱弱的身体，来应付支持这一切，无论多忙多乱，微笑没有离开过她的嘴角。我永远忘不了母亲逝世的那晚，她的床侧，昏倒了我的一个身为军人的堂哥哥！

母亲又有知人之明，看到了一个人，就能知道这人的性格。故对于父亲和我们的朋友的选择，她都有极大的帮助。她又有极高的鉴赏力，无论屋内的陈设，园亭的布置，或是衣饰的颜色和式样等，经她一调动，就显得新异不俗。我记得有一位表妹，在赴茶会之前，打扮得花枝招展的，到了我们的家里，母亲把她浑身上下看了一遍，笑说："元元，你打扮得太和别人一样了。人家抹红嘴唇，你也抹红嘴唇，人家涂红指甲，你也涂红指甲，这岂非反不引起他人的注意？你要懂得‘万朵红莲礼白莲’的道理。”我们都笑了，赞同母亲的意见。表妹立刻在母亲妆台前洗净铅华，换了衣饰出去：后来听说她是那晚茶会中，被人称为最漂亮的一个。

母亲对于政治也极关心。三十年前，我的几个舅舅，都是同盟会的会员，平常传递消息，收发信件，都由母亲出名经手。我还记得在我八岁的时候，一个大雪夜里，帮着母亲把几十本《天讨》，一卷一卷地装在肉松筒里，又用红纸条将筒口封了起来，寄了出去。不久收到各地的来信说：“肉松收到了，到底是家制的，美味无穷。”我说：“那些不是书吗？……”母亲轻轻地捏了我一把，附在我的耳朵上说：“你不要说出去。”

辛亥革命时，我们正在上海，住在租界旅馆里。我的职务，就是天天清早在门口等报，母亲看完了报就给我们讲。她还将她所仅有的一点首饰，换成洋钱，捐款劳军。我那时才十岁，也将我所仅有的十块压岁钱捐了出去，是我自己走到申报馆去交付的。那两纸收条，我曾珍重地藏着，抗战起来以后不知丢在哪里了。

“五四”以后，她对新文化运动又感了兴趣。她看书看报，不让时代把她丢下。她不反对自由恋爱，但也注重爱情的专一。我的一个女同学，同人“私奔”了，当她的母亲走到我们家里“垂涕而道”的时候，父亲还很气愤，母亲却不做声。客人去后，她说：“私奔也不要紧，本来仪式算不了什么，只要他们始终如一就行。”

诸如此类，她的一言一动，成了她的儿子们的指南针。她对我的弟弟们的择偶，从不直接说什么话，总说："只要你们喜爱的，妈妈也就喜爱。"但是我们的性格品位已经造成了，妈妈不喜爱的，我们也绝不会喜爱。她已死去十年了。

抗战期间，母亲若还健在，我不知道她将做些什么事情，但我至少还能看见她那永远微笑的面容，她那沉静温柔的态度，她将以卷《天讨》的手，卷起她的每一个儿子的畏惧懦弱的心！

她是一个典型的贤妻良母，至少母亲对于我们解释贤妻良母的时候，她以为贤妻良母，应该是丈夫和子女的匡护者。

关于妇女运动的各种标语，我都同意，只有看到或听到"打倒贤妻良母"的口号时，我总觉得有点逆耳刺眼。当然，人们心目中"妻"与"母"是不同的，观念亦因之而异。我希望她们所要打倒的，是一些怯弱依赖的软体动物，而不是像我的母亲那样的女人。

# 我的奶娘[1]

我的奶娘也是我常常怀念的一个女人，一想到她，我童年时代最亲切的琐事，都活跃到眼前来了。

奶娘是我们故乡的乡下人，大脚，圆脸，一对笑眼（一笑眼睛便闭成两道缝），皮肤微黑，鼻子很扁。记得我小的时候很胖，人家说我长得像奶娘，我已觉得那不是句恭维的话。母亲生我之后，病了一场，没有乳水，祖父很着急地四处寻找奶妈，试了几个，都不合适，最后她来了，据说是和她的婆婆怄气出来的，她新死了一个三个月的女儿，乳汁很好。祖父说我一到她的怀里就笑，吃了奶便安稳地睡着。祖父很欢喜说："胡嫂，你住下吧，荣官和你有缘。"她也就很高兴地住下了。

世上叫我"荣官"的只有两个人，一个是我的祖父，一个便是我的奶娘。我总记得她说："荣官呀，你要好好读书，大了中举人，中进士，做大官，挣大钱，娶个好媳妇，儿孙满堂，那时你别忘了你是

① 同P212。

吃了谁的奶长大的！”她说这话的时候，我总是在玩着，觉得她粗糙的手，摸在我脖子上，怪解痒的，她一双笑眼看着我，我便满口答允了。如今回想，除了我还没有忘记“是吃了谁的奶长大的”之外，既未做大官，又未挣大钱，至于“娶个好媳妇”这一段，更恐怕是下辈子的事了！

我们一家人，除了佣人之外，都欢喜她，祖父因为宠我，更是宠她。奶娘一定要吃好的，为的是使乳水充足；要穿新的，为的是要干净。父亲不常回来，回来时看见我肥胖有趣，也觉得这奶妈不错。母亲对谁都好，对她更是格外的宽厚。奶娘常和我说：“你妈妈是个菩萨，做好人没有错处，修了个好丈夫、好儿子。就是一样，这班下人都让她惯坏了，个个作恶营私，这些没良心的人，老天爷总有一天睁开眼！”

那时我母亲主持一个大家庭，上下有三十多口，奶娘既以半主自居，又非常地爱护我母亲，便成了一般婢仆所憎畏的人。她常常拿着秤，到厨房里去称厨师傅买的菜和肉，夜里拍我睡了以后，就出去巡视灯火，察看门户。母亲常常婉告她说：“你只看管荣官好了，这些事用不着你操心，何苦来叫人家讨厌你。”她起先也只笑笑，说多了就发急。记得有一次，她哭了，说：“这些还不是都为你！你是一位菩萨，连高声说话都没说过，眼看这一场家私都让人搬空了，我看不过，才来帮你一点忙，你还怪我。”她一边数落，一边擦眼泪。母亲反而笑了，不说什么。父亲忍着笑，正色说：“我们知道你是好心，不过你和太太说话，不必这样发急，‘你’呀‘我’的，没了规矩！”我只以为她是同我母亲拌嘴，便在后面使劲地捶她的腿，她回头看看，一把拉起我来，背着就走。

说也奇怪，我的抗日思想，还是我的奶娘给培养起来的。大约是在八九岁的时候，有一位堂哥哥带我出去逛街，看见一家日本的御料理，他说要请我吃“鸡素烧”，我欣然答应。脱鞋进门，地板光滑，我们两人拉着手溜走，我已是很高兴。等到吃饭的时候，我和堂哥对跪在矮几的两边，上下首跪着两个日本侍女，搽着满脸满脖子的怪粉，梳着高高的髻，油香逼人。她们手忙脚乱，烧鸡调味，殷勤劝进，还不住地和我们说笑。吃完饭回来，我觉得印象很深，一进门便一五一十地告诉了我的奶娘。她素来是爱听我的游玩报告的，这次却睁大了眼睛，沉着脸，说：“你哥哥就不是好人，单拉你往那些地方跑！下次再去，我就告诉你的父亲打你！”我吓得不敢再说。过了许多日子，偶然同母亲提起，母亲倒不觉得这是一件坏事，还向奶娘解释，说：“侄少爷不是一个荒唐人，他带荣官去的地方是日本饭馆子，日本的规矩，是侍女和客人坐在一起的。”奶娘扭过头去说：“这班不要脸的东西！太太，您大门不出，二门不迈的，哪里知道这些事呀！告诉您听吧，东洋人就没有一个好的：开馆子的、开洋行的、卖仁丹的，没有一个安着好心，连他们的领事都是他们一伙，而且就是贼头。他们的饭馆侍女，就是窑姐，客人去吃一次，下次还要去。洋行里卖胃药，一吃就上瘾。卖仁丹的，就是眼线，往常到我们村里，一次、两次、三次，头一次画下了图，第二次再来察看，第三次就竖起了仁丹的大板牌子。他们画图的时候，有人在后面偷偷看过，哪地方有树，哪地方有井……都记得清清楚楚。您记着我的话，将来我们这里，要没有东洋人造反，您怎样罚我都行！”父亲在旁边听着，连连点头，说：“她这话有道理，我们将来一定还要吃日本人的亏。”奶娘因为父亲赞成她，更加高兴了，说：“是不是？老爷也知道，我们那几亩地，那一间杂货铺，还不是让日本人强占去的？到东洋领事那里打了一场官司，我们孩子的爸爸回来就气死了，临死还叫了一夜：‘打死日本人，打死东洋鬼。’您看，若不是……我还不至于……”她激动得脸也红了，嘴唇哆嗦着，眼里也充满了泪光。母亲眼眶也红了。父亲站了起来，说：“荣官，你带奶娘回屋歇一歇吧。”我那时只觉得又愤激又抱愧，听见父亲的话，连忙拉她回到屋里。这一段话，从来没听见她说过，等她安静下来，我又问她一番。她叹口气抚摩着我说：“你看我的命多苦，只生了一个女儿，还长不大。只因我没有儿子，我的婆婆整天哭她的儿子，还诅咒我，说她儿子的仇，一辈子没人报了。我一赌气，便出来当奶娘。我想奶一个大人家的少爷，将来像薛仁贵似的跨海征东，堵了我婆婆的嘴，出了我那死鬼男人的气。你大了……”我赶紧搂着她的脖子说：“你放心，我大了一定去跨海征东，打死日本人，打死东洋鬼！”眼泪滚下了她的笑脸，她也紧紧地搂着我，轻轻地摇晃着，说：“这才是我的好宝贝！”

从此我恨了日本人，每次奶娘带我到街上去，遇见日本人，或经过日本人的铺子，我们互搀着的手，都不由得捏紧了起来。我从来不肯买日本玩具，也不肯接受日货的礼物。朋友们送给我的日俄战争图画，我把上面的日本旗帜，都用小刀刺穿。稍大以后，我很用心地读日本地理，看东洋地图，因为我知道奶娘所厚望于我的，除了“做大官，挣大钱，娶个好媳妇”以外，还有“跨海征东”这一件事。

我的奶娘，有气喘的病，不服北方的水土，所以我们搬到北平的时候，她没有跟去。不过从祖父的信里，常常听到她的消息，她常来看祖父，也有时在祖父那里做些短工。她自己也常常请人写信来，每信都问荣官功课如何，订婚了没有。也问北方的佣人勤谨否。又劝我母亲驭下要恩威并济，不要太容纵了他们。母亲常常对我笑说：“你奶娘到如今还管着我，比你祖父还仔细。”

母亲按月寄钱给她零用，到了我经济独立以后，便由我来供给她。我们在家里，常常要想到她、提到她，尤其是在国难期间，她的恨声和眼泪，总悬在我的眼前。在日本提出二十一条和“五四”那年，学生游行示威的时候，同学们在高呼“打倒日本帝国主义”，我却心里在喊“打死东洋鬼”。仿佛我的奶娘在牵着我的手，和我一同走，和我一同喊似的。

抗战的前两年，我有一个学生到故乡去做调查工作，我托他带一笔款子送给我的奶娘，并托他去访问，替她照一张相片。学生回来时，带来一封书信，一张相片和一只九成金的戒指。相片上的奶娘是老得多了，那一双老眼却还是笑成两道缝。信上是些不满意于我的话，她觉得弟弟们都结婚了，而我将近四十岁还是单身，不是一个孝顺的长子。因此她寄来一只戒指，是预备送给我将来的太太的。这只戒指和一只母亲送给我的手表，是我仅有的贵重物品，我有时也戴上它，希望可以做一个“娶媳妇”的灵感！

抗战后，死生流转，奶娘的消息便隔绝了。也许是已死去了吧，我辗转都得不到一点信息。我的故乡在两月以前沦陷了，听说焚杀得很惨，不知那许多牺牲者之中，有没有我那良善的奶娘？我倒希望她在故乡沦陷以前死去。否则她没有看得见她的荣官“跨海征东”，却赶上了“东洋人造反”，我不能想象我的亲爱的奶娘那种深悲狂怒的神情……

安息吧，这良善的灵魂。抗战已进入了胜利阶段，能执干戈的中华民族的青年，都是你的儿子，跨海征东之期，不在远了！

# 我的房东[①]

一九三七年二月八日近午，我从日内瓦到了巴黎。我的朋友中国驻法大使馆的L先生，到车站来接我。他笑嘻嘻地接过了我的一只小皮箱，我们一同向站外走着。他说："你从罗马来的信，早收到了。你吩咐我的事，我为你奔走了两星期，前天才有了眉目，真是意外之缘！吃饭时再细细地告诉你吧。"

L也是一个单身汉，我们走出站来，无"家"可归，叫了一辆汽车，直奔拉丁区的北京饭店。我们挑了个座位，对面坐下，叫好了菜。L一面擦着筷子，一面说："你的条件太苛，挑房子哪有这么挑法？地点要好，房东要好，房客要少，又要房东会英语！我知道你难伺候，谁叫我答应了你呢，只好努力吧。谁知我偶然和我们的大使谈起，他给我介绍了一位女士，她是贵族遗裔，住在最清静高贵的贵族区——第七区。我前天去见了她，也看了房子。"他搔着头，笑说："真是'有缘千里来相会'，这位小姐，绝等漂亮，绝等聪明，温柔

① 同P212。

雅澹，堪配你的为人，一会儿你自己一见就知道了。”我不觉笑了起来，说：“我又没有托你做媒，何必说那些‘有缘’‘相配’的话！倒是把房子情形说一说吧。”这时菜已来了，L还叫了酒，他举起杯来，说：“请，我告诉你，这房子是在第七层楼上，正临着拿破仑殡宫那条大街，美丽幽静，自不必说。只有一个房东，也只有你一个房客！这位小姐因为近来家道中落，才招个房客来帮贴用度，房租伙食是略贵一点，我知道你这个大爷，也不在乎这些。我们吃过饭就去看吧。”

我们又谈了些闲话，酒足饭饱，L会过了账，我提起箱子就要走。L拦住我，笑说：“先别忙提箱子，现在不是你要不要住那房子的问题，是人家要不要你作房客的问题。如今七手八脚都搬了去，回头一语不合，叫人家撵了出来，够多没意思！还是先寄存在这里，等下说定了再来拿吧。”我也笑着依从了他。

一辆汽车，驰过宽阔光滑的街道，转弯抹角，停在一座大楼的前面。进了甬道，上了电梯，我们便站在最高层的门边。L脱了帽，按了铃，一个很年轻的女佣出来开门，L笑着问：“R小姐在家吗？请你转报一声，中国大使馆的L先生，带一位客人来拜访她。”那女佣微笑着，接过片子，说：“请先生们客厅里坐。”便把我们带了进去。

我正在欣赏这一间客厅连饭厅的陈设和色调，忽然看见L站了起来，我也连忙站起。从门外走进了一位白发盈颠的老妇人。L笑着替我介绍说：“这位就是我同您提过的×先生。”

转身又向我说："这位是R小姐。"

R小姐微笑着同我握手，我们都靠近壁炉坐下。R小姐一面同L谈着话，一面不住地打量我，我也打量她。她真是一个美人！一头柔亮的白发。身上穿着银灰色的衣裙，领边袖边绣着几朵深红色的小花。肩上披着白绒的围巾。长眉妙目，脸上薄施脂粉，也淡淡地抹着一点口红。岁数简直看不出来，她的举止顾盼，有许多地方十分的像我的母亲！

R小姐又和我攀谈，用的是极流利的英语。谈起伦敦，谈起罗马，谈起瑞士，当我们谈到罗马博物馆的雕刻，和佛劳伦斯博物馆的绘画时，她忽然停住了，笑说："×先生刚刚来到，一定乏了，横竖将来我们谈话的机会多得很，还是先带你看看你的屋子吧。"她说着便站起引路，L在后面笑着在我耳边低声说："成了。"

我的那间屋子，就在客厅的后面，紧连着浴室，窗户也是临街开的。陈设很简单，却很幽雅，临窗一张大书桌子，桌上一瓶茶色玫瑰花，还疏疏落落地摆着几件文具。对面一个书架子，下面空着，上层放着精装的英法德各大文豪的名著。

床边一张小几，放着个小桌灯，也是茶红色的灯罩。此外就是一架大衣柜，一张摇椅，屋子显得很亮，很宽。

我们四围看了一看，我笑说："这屋子真好，正合我的用处。"R小姐也笑说："我们就是这里太静一些，马利亚的手艺不坏，饭食也还可口。哪一天，你要出去用饭，请告诉她一声。或若你要请一两个客人，到家里来吃，也早和她说。衣服是每星期有人来洗。”一面说着，我们又已回到客厅里。L拿起帽子，笑说：“这样我们就说定了，我相信你们宾主一定会很相得的，现在我们先走了。晚饭后×先生再回来——他还没去拜望我们的大使呢！”

我们很高兴地在大树下，人行道上并肩地走着。L把着我的臂儿笑说：“我的话不假吧，除了她的岁数稍微大一点之外！大使说，推算起来，恐怕她已在六旬以外了。她是个颇有名的小说家，也常写诗。她挑房客也很苛，所以她那客房，常常空着，她喜欢租给‘外路人’，我看她是在招致可描写的小说中人物，说不定哪一天，你就会在她的小说中出现！”我笑说：“这个本钱，我倒是捞得回来。只怕我这个人，既非儿女，又不英雄，没有福气到得她的笔下。”

午夜，我才回到我的新屋子里，洗漱后上床，衾枕雪白温软，我望着茶红色的窗帘，茶红色的灯罩，在一圈微晕的灯影下，忽然忘记了旅途的乏倦。我赤足起来，从书架上拿了一本歌德诗集来看，不知何时，蒙被睡去——直等第二天微雨的早晨，马利亚敲门，送进刮胡子的热水来，才又醒来。

从此我便在R家住下了。早饭很简单，只是面包皮牛油咖啡，多半是自己在屋里吃。早饭后就到客厅坐坐，让马利亚收拾我的屋子。初到巴黎，逛街访友，在家吃饭的时候不多，我总是早晨出去，午夜回来。好在我领了一把门钥，独往独来，什么人也不惊动。有时我在寒夜中轻轻推门，只觉得温香扑面，踏着厚软的地毡，悄悄地走回自己屋里，桌上总有信件鲜花，有时还有热咖啡或茶，和一盘小点心。我一面看着信，一面吃点心喝茶——这些事总使我想起我的母亲。

第二天午饭时，见着R女士，我正要谢谢她给我预备的“消夜”，她却先笑着说：“×先生，这半月的饭钱，我应该退还你，你成天的不在家！”我笑着坐下，说：“从今天起，我要少出去了，该看的人和该看的地方，都看过了。现在倒要写点信，看点书，养养静了。”R小姐笑说：“别忘了还有你的法文，L先生告诉我，你是要练习法语的。”

真的，我的法文太糟了，书还可以猜着看，话却是无人能懂！R小姐提议，我们在吃饭的时候说法语。结果是我们谈话的范围太广，一用法文说，我就词不达意，笑着想着，停了半天。次数多了，我们都觉得不方便，不约而同地笑了出来，说：“算了吧，别扭死人！”从此我只顾谈话，把法语丢在脑后了！

巴黎的春天，相当阴冷，我们又都喜欢炉火，晚饭后常在R小姐的书房里，向火抽烟，闲谈。这书房是全房子里最大的一间，满墙都是书架，书架上满是文学书。壁炉架上，摆着几件东方古董。从她的谈话里，知道她的父亲做过驻英大使——她在英国住过十五年——也做过法国远东殖民地长官——她在远东住过八年。她有三个哥哥，都不在了。两个侄子，也都在上次欧战时阵亡。一个侄女，嫁了，有两个孩子，住在乡下。她的母亲，是她所常提到的，是一位身体单薄，多才有德的夫人，从相片上看去，眉目间尤其像我的母亲。

我虽没有学到法语，却把法国的文学艺术，懂了一半。我们常常一块儿参观博物院，逛古迹，听歌剧，看跳舞，买书画。她是巴黎一代的名闺，我和她朝夕相从，没看过R小姐的，便传布着一种谣言，说是×××在巴黎，整天陪着一位极漂亮的法国小姐，听戏，跳舞。这风声甚至传到国内我父亲的耳朵里，他还从北平写信来问。我回信说："是的，一点不假，可惜我无福，晚生了三十年，她已是一位六旬以上的老姑娘了！父亲，假如您看见她，您也会动心呢，她长得真像母亲！"

我早可以到柏林去，但是我还不想去，我在巴黎过着极明媚的春天——

在一个春寒的早晨，我得到国内三弟报告订婚的信。下午吃茶的时候，我便将他们的相片和信，带到R小姐的书房里。我告诉了她这好消息，因此我又把皮夹里我父亲、母亲，以及二弟、四弟两对夫妇的相片，都给她看了。她一面看着，很客气地称赞了几句，忽然笑说："×先生，让我问你一句话，你们东方人不是主张'男大当婚，女大当嫁'的吗？为何你竟然没有结婚，而且你还是个长子？"我笑了起来，一面把相片收起，挪过一个锦墩，坐在炉前，拿起铜条来，拨着炉火，一面说："问我这话的人多得很，你不是第一个。原因是，我的父母很摩登，从小，他们没有强迫我订婚或结婚。到自己大了，挑来挑去的，高不成，低不就，也就算了。"R女士凝视着我，说："你不觉得生命里缺少什么？"我说："这个，倒也难说，根本我就没有去找。我认为婚姻若没有恋爱，不但无意义，而且不道德。但一提起恋爱来，问题就大了，你不能提着灯笼去找！我们东方人信‘夙缘’，有缘千里来相会，若无缘呢？就是遇见了，也到不了一处……”这时我忽然忆起L君的话，不觉抬头看她，她正很自然地靠坐在一张大软椅里，身上穿着一件浅紫色的衣服，胸前戴几朵紫罗兰。闪闪的炉火光中，窗外阴暗，更显得这炉边一角，温静、甜柔。她举着咖啡杯儿，仍在望着我。我接下去说：“说实话，我还没有感觉到空虚，有的时候，单身人更安逸，更宁静，更自由，我看你就不缺少什么，是不是？”她轻轻地放下杯子，微微地笑说：“我嘛，我是一个女人，就另是一种说法了。”说着，她用雪白的手指，挑着鬓发，轻轻地向耳后一掠，从椅旁小几上，拿起绒线活来，一面织着，一面看着我。

我说：“我又不懂了，我总觉得女人天生的是家庭建造者。男人倒不怎样，而女人却是爱小孩子，喜欢家庭生活的，为何女人倒不一定要结婚呢？”R小姐看着我，极温柔款款地说：“我是‘人性’中最‘人性’，‘女性’中最‘女性’的一个女人。我愿意有一个能爱护我的，温柔体贴的丈夫，我喜爱小孩子，我喜欢有个完美的家庭。我知道我若有了这一切，我就会很快乐地消失在里面去——但正因为，我知道自己太清楚了，我就不愿结婚，而至今没有结婚！”

我抱膝看着她。她笑说：“你觉得奇怪吧，待我慢慢地告诉你——我还有一个毛病，我喜欢写作！”我连忙说：“我知道，我的法文太浅了，但我们的大使常常提起你的作品，我已试着看过，因为你从来没提起，我也就不敢。”R小姐拦住我，说：“你又离了题了，我的意思是一个女作家，家庭生活于她不利。”我说：“假如她能够——”她立刻笑说：“假如她身体不好告诉你，一个男人结了婚，他并不牺牲什么。一个不健康的女人结了婚，事业——假如她有事业，健康，家务，必须牺牲其一！我若是结了婚，第一牺牲的是事业，第二是健康，第三是家务。”

——写到这里，我忽然忆起去年我一个女学生，写的一篇小说，叫作《三败俱伤》——她低头织着活计，说：“我是一个要强、顾面子、好静、有洁癖的人；在情感上我又非常的细腻、体贴；这些都是我的致命伤！为了这性格，别人用了十分心思；我就得用上百分心思，别人用了十分精力，我就得用上百分精力。一个家庭，在现代，真是谈何容易，当初我的母亲，她做一个外交官夫人，安南总督太太，真是仆婢成群，然而她的绘画，她的健康，她一点没有想到顾到。她一天所想的是丈夫的事业，丈夫的健康，儿女的教养，儿女的……她忙忙碌碌地活了五十年！至今我拿起她的画稿来，我就难过。哎，我的母亲……”她停住了，似乎很激动，轻轻地咳嗽了两声，勉强地微笑说：“我母亲的事情，真够写一本小说的。你看见过英国女作家，V.Sackville·West写的*All Passion Spent*（《七情俱净》）吧？”

我仿佛记得看过这本书，就点头说：“看过了，写的真不错……

不过，R小姐，一个结婚的女人，她至少有了爱情。”她忽然大声地笑了起来，说：“爱情？这就是一件我所最拿不稳的东西，男人和女人心里所了解的爱情，根本就不一样。告诉你，男人活着是为事业——天晓得他说的是事业还是职业！女人活着才为着爱情；女人为爱情而牺牲了自己的一切，而男人却说：‘亲爱的，为了不敢辜负你的爱，我才更要努力我的事业’！这真是名利双收！”她说着又笑了起来，笑声中含着无限的凉意。

我不敢言语，我从来没有看见R小姐这样激动过，我虽然想替男人辩护，而且我想我也许不是那样的男人。

她似乎看出了我的心绪，她笑着说：“每一个男人在结婚以前，都说自己是个例外，我相信他们也不说假话。但是夫妻关系，是种最娇嫩最伤脑筋的关系，而时光又是一件最无情最实际的东西。等到你一做了他的同衾共枕之人，天长地久……呵！天长地久！任是最坚硬晶莹的钻石也磨成了光彩模糊的沙粒，何况是血淋淋的人心？你不要以为我是生活在浪漫的幻想里的人，我一切都透彻，都清楚。男人的‘事业’当然要紧，讲爱情当然是不应该抛弃了事业，爱情的浓度当然不能终身一致。但是更实际的是，女人终究是女人，她也不能一辈子，以结婚的理想，人生的大义，来支持她困乏的心身。在她最悲哀，最柔弱，最需要同情与温存的一刹那顷，假如她所得到的只是漠然的言语，心不在焉的眼光，甚至于尖刻的讥讽和责备，你想，一个女人要如何想法？我看的太多了，听的也太多了。这都是婚姻生活里解不开的死结！只为我太知道，太明白了，在决定牺牲的时候，我就要估量轻重了！”

她俯下身去，拣起一根柴，放在炉火里，又说：“我母亲常常用忧愁的眼光看着我说：‘德利莎！你看你的身体！你不结婚，将来有谁来看护你？’我没有说话，我只注视着她，我的心里向她叫着说：‘你看你的身体吧，你一个人的病，抵不住我们五个人的病。父亲的肠炎、回归热以及我们兄妹的种种稀奇古怪的病，三十年来还不够你受的？’但我终究没有言语。”

她微微地笑了，注视着炉火：“总之我年轻时还不算难看，地位也好，也有点才名，因此我所受的试探，我相信也比别的女孩子多一点。我也曾有过几次的心软，但我都终于逃过了。我是太自私了，我扔不下这支笔，因着这支笔，我也要保持我的健康，因此——你说我缺少恋爱吗？也许，但，现在还有两三个男人爱慕着我，他们都说我是他们唯一终身的恋爱。这话我也不否认，但这还不是因为我们没有到得一处的缘故？他们当然都已结过了婚，我也认得他们温柔能干的夫人。我有时到他们家里去吃饭喝茶，但是我并不羡慕他们的家庭生活！他们的太太也成了我的好朋友，有时还向我抱怨她们的丈夫。我一面轻描淡写地劝慰着她们，我一面心里也在想，假如是我自己受到这些委屈，我也许还不会有向人诉说的勇气！有时在茶余酒后，我也看见这些先生们，向着太太皱起眉头，我就会感觉到一阵战栗，假如我做了他的太太，他也对我皱眉，对我厌倦，那我就太……”

我笑了，极恳挚地轻轻拍着她的膝头，说：“假如你做了他的太太，他就不会皱眉了。我不相信世界上有任何男子，有福气做了你的丈夫，还会对你皱眉，对你厌倦。”她笑着摇了摇头，微微地叹一口气，说：“好孩子，谢谢你，你说得好！但是你太年轻了，不懂得——这二三十年来，我自己住着，略为寂寞一点，却也舒服。这些年里，我写了十几本小说，七八本诗，旅行了许多地方，认识了许多朋友。我的侄女，承袭了我的名字，也叫德利莎，上帝祝福她！小德利莎是个活泼健康的孩子，廿几岁便结了婚。她以恋爱为事业，以结婚为职业。整天高高兴兴的，心灵里，永远没有矛盾，没有冲突。她的两个孩子，也很像她。在夏天，我常常到她家里去住。她进城时，也常带着孩子来看我。我身后，这些书籍古董，就都归她们了。我的遗体，送到国家医院去解剖，以后再行火化，余灰撒在赛纳河里，我的一生大事也就完了。”

我站了起来，正要说话，马利亚已经轻轻地进来，站在门边，垂手说：“小姐，晚饭开齐了。”R小姐吃惊似的，笑着站了起来，说：“真是，说话便忘了时候，×先生，请吧。”

饭时，她取出上好的香槟酒来，我也去拿了大使馆朋友送的名贵的英国纸烟，我们很高兴地谈天说地，把刚才的话一句不提。那晚R小姐的谈锋特别隽妙，双颊飞红，我觉得这是一种兴奋、疲乏的表示。饭后不多一会，我便催她去休息。我在客厅门口望着她迟缓秀削的背影，呆立了一会。她真是美丽，真是聪明！可惜她是太美丽，太聪明了!

十天后我离开了巴黎，L送我到了车站。在车上，我临窗站到近午，才进来打开了R小姐替我预备的筐子，里面是一顿很精美的午餐，此外还有一瓶好酒，一本平装的英文小说，是*All Passion Spent*。

我回国不到一月，北平便沦陷了。我还得到北平法国使馆转来的R小姐的一封信，短短的几行字：

×先生：

听说北平受了轰炸，我无时不在关心着你和你一家人的安全！振奋起来吧，一个高贵的民族，终久是要抬头的。有机会请让我知道你平安的消息。

你的朋友　德利莎

我写了回信，仍托法国使馆转去，但从此便不相通问了。

三年以后，轮到了我为她关心的时节，德军进占了巴黎，当我听到巴黎冬天缺乏燃料，要家里住有德国军官才能领到煤炭的时候，我希望她已经逃出了这美丽的城市。我不能想象这静妙的老姑娘，带着一脸愁容，同着德国军官，沉默向火！

“振奋起来吧，一个高贵的民族，终久是要抬头的！”

# 记富奶奶

## ——一个高尚的人

一九二九年六月初，我还在燕京大学教课，得了重感冒，住在女校疗养所里。院里只有一位美国女大夫和两位服务员。大夫叫她们为舒妈和富妈（这大夫和服务员只照看轻病的人，一般较为严重复杂的病，就送到协和医院去了）。这两位服务员都是满族，说的一口纯正的北京话。舒妈年纪大一些，也世故一些，又爱说爱笑。富妈比较文静，说话轻声细语地。我总觉得她和舒妈不同，每逢她在我身边，我的脑中总涌上“大人家举止端详”这一段词句。

有一天她忽然低声问我：“谢先生，您结婚后用人吗？我愿意给您帮忙。”我说：“那太好了，就是我们家里就两个人，事情不多，而且人家已经给我们介绍一个厨师傅了（那时在燕大教师家里的大师傅一般除做饭外，还兼管洗衣服、床单……收拾楼下的书房客厅等）。楼上我们卧室什么的，也没有什么重活……”她说：“我能给您做针线活。您新房子里总得有窗帘、床单、桌布什么的，我可以先给您准备。”这方面我倒没想到。那时候燕大指定给我们盖的小楼——燕南园60号，已快竣工了。我感冒好后，就和她到我们的新居，量好了门窗的尺寸，楼下的客厅兼饭厅想用玫瑰色的窗帘，楼上的卧室用豆青色的，客房是粉红色的（那种房子一般是两重帘子，外面是一层透明的白纱布，里面只是一道横的短帘和两边长的窄窄的长帘，这里层的帘子是有颜色的）。我就买了这几色的苏州棉绸，交给了她。那年的六月十五号，我同文藻结婚后，就南下省亲，我们到了上海和江阴的家，暑假之前赶回上课时，富妈已经把这些窗帘都做好，而且还做了各间屋子里的床单，被单都用的是白细布又用和窗帘一色的布缘了边，还“补”上一些小花，真是协调雅淡极了！我们把房子布置好了以后，她每天就只来一个上午，帮我们收拾房间。到了一九三一年，我们的大儿子吴平出世后，她就来帮我带孩子，住在我家里，做整天的活。那时文藻的母亲也来了，就住在原来的客房。我每星期还有几堂课，身体也不太好，孩子的照顾，差不多全靠富奶奶了（她比我大十岁，自从她到我们家工作，我们就都称她奶奶）。说起来她的身世也够凄凉的，有人说她是满族松公爷的堂妹，家道中落，从九岁起就学做种种针线活，二十岁又嫁黄志廷做续弦，黄志廷是清华学校校警，年岁比她大许多，她生了六个孩子，都早夭了，最后一个女儿活下来了，起名叫秀琴，是她的宝贝。她出来工作，自己指“富”为姓。她有心脏病，每星期必到燕大医院去取一次药水，但她还是把孩子的衣服（除毛衣外）全部揽了去。她总把孩子打扮得十分雅气，衣领和袖子上总绣上些和毛衣的颜色协调的小花，那时燕大中美同事的夫人们，都夸说我们孩子穿得比谁都整齐，其实都是富奶奶给他们打扮的。

一九三五年我的女儿吴冰出世了，也是她照应的，吴冰从小不“挑食”，长得很胖，富奶奶对于女孩子的衣着更加注意，吴冰被推着车子出去，真是谁看谁爱。一九三六年，是文藻的休假年（燕大的教授们是每七年休假一次），我们先到日本，又到美国代表燕大祝贺哈佛大学建校三百周年，以后又到英国、意大利、法国等，文藻自己又回到英国的牛津和剑桥大学，研究他们的导师制度，我那时正怀上了吴青，就在法国留下，在巴黎闲住了一百天。那时文藻的母亲虽然也在北京，但两个孩子的一切，仍是全由富奶奶照管。一九三七年我们从欧洲回来，不到一个星期，北京便沦陷了。因为燕大算是美国教会办的，一时还没有受到惊扰，我们就仍在燕大教学，一面等待十一月份吴青的出世，一面做去云南大学的准备。因为富奶奶有心脏病，我怕云南高原的天气对她不宜，准备荐她到一位美国教授家里去工作。他们家只老夫妇二人，工作很轻松，但富奶奶却说：“您一个人带三个孩子走，就不放心，我送您到香港再回来吧。”等到了香港，我们才知道要去云南必须从安南的海防坐小火车进入云南，这条路是难走的！富奶奶又坚持说：“您和先生两个人，绝对弄不了这三个孩子，我还是跟您上云南吧。”我只得流着眼泪同意了。这一路的辛苦困顿，就不必说。亏得在路过香港时，我的表兄刘放园一家也在香港避难，他们把一个很能干的大丫头——瑞雯交给了我，说是："瑞雯十八九岁了，我们不愿意在香港替她找人家，不如让你们带到内地给她找吧。"路上有了瑞雯当然方便得多，富奶奶把她当自己的女儿看待，两人处得十分融洽。到了昆明，瑞雯便担任了厨师的职务，她从我的表嫂那里，学做的一手好福建菜，使我们和我们的随北大、清华南迁的朋友们，大饱口福。

我们到了昆明，立刻想把富奶奶的丈夫黄志廷和女儿秀琴都接到后方来，免得她一家离散。那时正好美国驻云南昆明的领事海勇（Seabold）和我们很友好，他们常说云南工人的口音难懂，我说："我给你们举荐一个北京人吧。"于是我们就设法请南下的朋友把黄志廷带到了昆明，在美国领事馆工作。富奶奶的独女秀琴却自己要留在北京读完高中，在一九四〇年我们搬到重庆之后，她才由我们的朋友带来，到了重庆，我们即刻把她送到复旦大学，一切费用由我们供给。这时富奶奶完全放心了，我们到重庆时，本来就把黄志廷带来我家"帮忙"，如今女儿也到了后方，又入了大学，她不必常常在夜里孩子睡后，在桐油灯下，艰难地一个字一个字地给女儿写信了。说来真是"可怜天下父母心"！富奶奶本来不会写字，她总是先把她要说的话，让我写在纸上，然后自己一笔一画地去抄，我常常对她说："你不必麻烦了，我和黄志廷都会替你写，何必自己动笔呢？"她说："秀琴看见我的亲笔字，她会高兴的。"

我们到重庆不久，因为日机常来轰炸，就搬到歌乐山上住。不久文藻又得了肺炎，我在医院陪住了一个多月，家里一切，便全由富奶奶主持。那几年我们真是贫病交加，文藻病好了，我又三天两头地吐血，虽然大夫说这不是致命的病，却每次吐血，必须躺下休息，这都给富奶奶添许多麻烦，那时她也渐渐地不支了，也得常常倚在床上。我记得有一次冬天，在沙坪坝南开中学上学的吴平，周末在大雨中上山，身上的棉裤湿了半截。富奶奶心疼地让他脱下棉裤，坐在她被窝里取暖。她拿我的一条旧裤作面子，用白面口袋白布做里子，连夜在床上给他赶做一条棉裤。我听见她低低地对吴平说："你妈也真是，有钱供人上大学，自己的儿子连一条替换的棉裤、毛裤都没有！"这是她末一次给我的孩子做活了！

有一天她断断续续地对我说："我看我这病是治不好了，您这房子虽然是土房，也是花钱买的，我死在这屋里，孩子们将来会害怕的，您送我上医院吧。"我想在医院里，到底照顾得好一些，山下的中央医院（就是现在的上海医院）还有许多熟人，我就送她下山，并让黄志廷也跟去陪她，我一面为她预备后事。正好那时听说有一户破落的财主，有一副做好的棺材要廉价出卖，我只用了一百多块钱（《关于女人》稿费的一部分）把它买了下来，存放在山下的一间木匠铺里。

到医院后不久，她就和我们永别了。她葬在歌乐山的墓地里。出殡那一天，我又大吐血，没有去送葬，但她的丈夫、女儿和我的儿女们都去了。听说，吴平在坟前严肃地行了一个童子军的敬礼后，和他的两个妹妹吴冰、吴青，都哭得站不起来！五十年代中期，我曾参加人大代表团到西南视察，路经四川歌乐山，我想上去看看她的坟墓，却因为那里驻着高射炮队就去不成了。

黄秀琴同她的大学同学四川人李家驹结了婚，不久也把父亲黄志廷接走了。抗战胜利后，我们回到南京又去了日本，黄家留在四川，但是我们的通讯不断。

黄秀琴生了两儿两女后，也去世了。六十年代我们住在北京中央民族学院，她的次子李达雄在北京邮电学院上学，假期就到我们家来称我为“姥姥”。直到现在他夫妇到京出差还是给我送广柑、“菜脑壳”之类我们爱吃的东西。我们的孩子和他们的孩子一直是亲如一家……

关于这个高尚的人的事迹，我早就想写了，镶在一个小铜镜框里的她和我们三个孩子的小相片，几十年来一直在我的身边，现在就在我身后的玻璃书柜里。今天浓阴，又没有什么“不速之客”，我一口气把从一九二九年起和我同辛共苦了十几年的、最知心的人的事迹，写了出来，我的眼泪是流得尽的，而我对她的忆念却绵绵无尽！

一九八六年六月五日薄暮

# 张　嫂[1]

可怜，在“张嫂”上面，我竟不能冠以“我的”两个字，因为她不是我的任何人！她既不是我的邻居，也不算我的佣人，她更不承认她是我的朋友，她只是看祠堂的老张的媳妇儿。

我住在这祠堂的楼上，楼下住着李老先生夫妇，老张他们就住在大门边的一间小屋里。

祠堂的小主人，是我的学生，他很殷勤地带着我周视祠堂前后，说：“这里很静，×先生正好多写文章。山上不大方便，好在有老张他们在，重活叫他做。”老张听见说到他，便从门槛上站了起来，露着一口黄牙向我笑。他四十上下年纪，个子很矮，很老实的样子。我的学生问：“张嫂呢？”他说：“挑水去了。”那学生又陪我上了楼，一边说：“张嫂是个能干人，比她老板伶俐得多，力气也大，有话宁可同她讲。”

为着方便，我就把伙食包在李老太太那里，风雨时节，省得下

① 同P212。

山，而且村店里苍蝇太多，夏天尤其难受。李老夫妇是山西人，为人极其慈祥和蔼。老太太自己烹调，饭菜十分可口。我早晨起来，自己下厨房打水洗脸，收拾房间，不到饭时，也少和他们见面。这一对老人，早起早睡，白天也没有一点声音，院子里总是静悄悄的，同城内M家比起来，真有天渊之别，我觉得十分舒适。

住到第三天，我便去找张嫂，请她替我洗衣服。张嫂从黑暗的小屋里，钻了出来，阳光下我看得清楚：稀疏焦黄的头发，高高的在脑后挽一个小髻，面色很黑，眉目间布满了风吹日晒的裂纹；嘴唇又大又薄，眼光很锐利；个子不高，身材也瘦，却有一种短小精悍之气。她迎着我，笑嘻嘻地问：“你家有事吗？”我说：“烦你洗几件衣服，这是白的，请你仔细一点。”她说：“是了，你们的衣服是讲究的——给我一块洋碱！”

李老太太倚在门边看，招手叫我进去，悄悄地说：“有衣服宁可到山下找人洗，这个女人厉害得很，每洗一次衣服，必要一块胰皂，使剩的她都收起来卖——我们衣服都是自己洗。”我想了一想，笑说：“这次算了，下次再说吧。”

第二天清早，张嫂已把洗好的衣服被单，送了上来——洗的很洁白，叠的也很平整——一摞的都放在我的床上，说：

“×先生，衣服在这里，还有剩下的洋碱。”我谢了她，很觉得“喜出望外”，因此我对她的印象很好。

熟了以后，她常常上楼来扫地、送信、取衣服、倒纸篓。

我的东西本来简单，什么东西放在哪里她都知道。我出去从不锁门，却不曾丢失过任何物件，如银钱、衣服、书籍等。

至于火柴、点心、毛巾、胰皂，我素来不知数目，虽然李老太太说过几次，叫我小心，我想谁耐烦看守那些东西呢？拿去也不值什么，张嫂收拾屋子，干净得使我喜欢，别的也无所谓了。

张嫂对我很好，对李家两老，就不大客气。比方说挑水，过了三天两天就要涨价，她并不明说，只以怠工方式处之。有一两天忽然看不见张嫂，水缸里空了，老太太就着急，问老张："你家里呢？"他笑说："田里帮工去了。"叫老张，"帮忙挑一下水吧。"他答应着总不动身。我从楼上下来，催促了几遍，他才慢腾腾地挑起桶儿出去。在楼栏边，我望见张嫂从田里上来，和老张在山脚下站着说了一会话。老张挑了两桶水，便躺了下去，说是肚子痛。第二天他就不出来。老先生气了，说："他们真会拿捏人，他以为这里就没有人挑水了！我自己下山去找！"老先生在茶馆里坐了半天，同乡下人一说起来，听说是在山上，都摇头笑说："山上呢，好大的坡儿，你家多出几个钱吧！"等他们一说出价钱，老先生又气得摇着头，走上山来，原来比张嫂的价目还大。

我悄悄地走下山去，在田里找到了张嫂，我说："你回去挑桶水吧，喝的水都没有了。"她笑说："我没有空。"我也笑说："你别胡说！我懂得你的意思，以后挑水工钱跟我要好了，反正我也要喝要用的。"她笑着背起筐子，就跟我上山——从此，就是她真农忙，我们也没有缺过水，——除了她生产那几天，是老张挑的。

我从不觉得张嫂有什么异样，她穿的衣服本来宽大，更显不出什么。只有一天，李老太太说："张嫂的身子重了，关于挑水的事，您倒是早和老张说一声，省得他临时不干。"我也不知道应当如何开口，刚才还看见张嫂背着一大筐的豆子上山，我想一时不见得会分娩，也就没提。

第二天早起，张嫂没有上来扫地。我们吃早饭的时候，看见老张提着一小篮鸡蛋进门。我问张嫂如何不见？他笑嘻嘻地说："昨晚上养了一个娃儿！"我们连忙给他道贺，又问他是男是女。李老太太就说："他们这些人真本事，自己会拾孩子。这还是头一胎呢，不声不响地就生下来了，比下个蛋还容易！"我连忙上楼去，用红纸包了五十块钱的票子，交给老张，说："给张嫂买点红糖吃。"李老太太也从屋里拿了一个红纸包出去，老张笑嘻嘻地都接了，嘴里说："谢谢你家了——老太太去看看娃儿吗？"李老太太很高兴地就进到那间黑屋里去。

我同李老先生坐在堂屋里闲谈。老太太一边摇着头，一边笑着，进门就说："好大的一个男孩子，傻大黑粗的！你们猜张嫂在那里做什么？她坐在床板上织渔网呢，今早五更天生的，这么一会儿的工夫，她又做起活来了。她也不乏不累，你说这女人是铁打的不是！"因此就提到张嫂从十二岁，就到张家来做童养媳，十五岁圆的房。她婆婆在的时候，常常把她打的躲在山洞里去哭。去年婆婆死了，才同她良懦的丈夫，过了一年安静的日子，算起来，她今年才廿五岁。

这又是一件出乎我意外的事，我以为她已是三四十岁的人，“劳作”竟把她的青春，洗刷得不留一丝痕迹！但她永远不发问，不怀疑，不怨望。日出而作，日入而息——挑水、砍柴、洗衣、种地，一天里风车儿似的，山上山下地跑——只要有光明照在她的身上，总是看见她在光影里做点什么。有月亮的夜里，她还打了一夜的豆子！

从那天起，一连下了五六天的雨。第七天，天晴了，我们又看见张嫂背着筐子，拿着镰刀出去。从此我们常常看见老张抱着孩子，哼哼唧唧地坐在门洞里。有时张嫂回来晚了，孩子饿得不住地哭，老张就急得在门口转磨。我们都笑说：“不如你下地去，叫她抱着孩子，多省事。她回来又得现做饭，奶孩子，不要累死人。”老张摇着头笑说：“她做得好，人家要她，我不中用！”老张倒很坦然，我却常常觉得惭愧。每逢我拿着一本闲书，悠然地坐在楼前，看见张嫂匆匆地进来，忙忙地出去，背上、肩上、手里、腰里，总不空着，她不知道她正在做着最实在，最艰巨的后方生产的工作。我呢，每逢给朋友写信，字里行间，总要流露出劳乏，流露出困穷，流露出萎靡，而实际的我，却悠悠地坐在山光松影之间，无病而呻！看着张嫂高兴勤恳的，鞠躬尽瘁的样儿，我常常猛然地扔下书站了起来。

那一天，我的学生和他一班宣传队的同学，来到祠堂门口贴些标语，上面有“前方努力杀敌，后方努力生产”等字样。张嫂站在人群后面，也在呆呆望着。回头看见我，便笑嘻嘻地问：“这上面说的是谁？”我说：“上半段说的是你们在前线打仗的老乡，下半段说的是你。”她惊讶地问：“×先生，你呢？”我不觉低下头去，惭愧地说：“我吗？这上面没有我的地位！”

# 杂 感

某年的六一国际儿童节，

有个儿童刊物要我给儿童写几句指导读书的话，

我只写了九个字，

就是：

读书好，多读书，读好书。

# 我的文学生活

我从来没有刊行全集的意思。因为我觉得：一、如果一个作家有了特殊的作风，使读者看了他一部分的作品之后，愿意读他作品的全部，他可以因着读者的要求，而刊行全集。在这一点上，我向来不敢有这样的自信。二、或是一个作家，到了中年或老年，他的作品，在量和质上，都很可观。他自已愿意整理了，作一段结束，这样也可以刊行全集。我呢，现在还未到中年；作品的质量，也未有可观；更没有出全集的必要。

前年的春天，有一个小朋友，笑嘻嘻地来和我说："你又有新创作了，怎么不送我一本？"我问是哪一本。他说是《冰心女士第一集》。我愕然，觉得很奇怪！以后听说二三集陆续地也出来了。从朋友处借几本来看，内容倒都是我自已的创作。而选集之芜杂，序言之颠倒，题目之变换，封面之丑俗，使我看了很不痛快。上面印着上海新文学社，或是北平合成书社印行。我知道北平上海没有这些书局，这定是北平坊间的印本！

过不多时，几个印行我的作品的书局，如北新、开明等，来和我商量，要我控诉禁止。虽然我觉得我们的法律，对于著作权出版权，向来就没有保障，控诉也不见得有效力，我却也写了委托的信，请他们去全权办理。已是两年多了，而每次到各书店书摊上去，仍能看见红红绿绿的冰心女士种种的集子，由种种书店印行的，我觉得很奇怪。

去年春天，我又到东安市场去。在一个书摊上，一个年轻的伙计，赔笑地递过一本《冰心女士全集续编》来，说："您买这么一本看看，倒有意思。这是一个女人写的。"我笑了，我说："我都已看见过了。"他说："这一本是新出的，您翻翻！"我接过来一翻目录，却有几段如《我不知为你洒了多少眼泪》《安慰》《疯了的父亲》《给哥哥的一封信》等，忽然引起我的注意。站在摊旁，匆匆地看了一过，我不由得生起气来！这几篇不知是谁写的。文字不是我的，思想更不是我的，让我掠美了！我生平不敢掠美，也更不愿意人家随便借用我的名字。

北新书局的主人说：禁止的呈文上去了，而禁者自禁，出者自出！唯一的纠正办法，就是由我自己把作品整理整理，出一部真的全集。我想这倒也是个办法。真的假的，倒是小事，回头再出一两本三续编，四续编来，也许就出更大的笑话！我就下了决心，来编一本我向来所不敢出的全集。

感谢熊秉三先生，承他老人家将香山双清别墅在桃花盛开，春光烂漫的时候，借给我们。使我能将去秋欠下的序文，从容清付。

雄伟突兀的松干，撑着一片苍绿，簇拥在栏前。柔媚的桃花，含笑地掩映在松隙里，如同天真的小孙女，在祖父怀里撒娇。左右山嶂，夹着远远的平原，在清晨的阳光下，拥托着一天春气。石桌上，我翻阅了十年来的创作；十年前、二十年前的往事，都奔凑到眼前来。我觉得不妨将我的从未道出的，许多创作的背景，呈诉给读我“全集”的人。

我从小是个孤寂的孩子，住在山东芝罘东山的海边上，三四岁刚懂事的时候，整年整月所看见的：只是青郁的山，无边的海，蓝衣的水兵，灰白的军舰。所听见的，只是：山风，海涛，嘹亮的口号，清晨深夜的喇叭。生活的单调，使我的思想的发展，不和常态的小女孩同其径路。我终日在海隅山陬奔游，和水兵们做朋友。虽然从四岁起，便跟着母亲认字片，对于文字，我却不发生兴趣。还记得有一次，母亲关我在屋里，叫我认字，我却挣扎着要出去。父亲便在外面，用马鞭子重重地敲着堂屋的桌子，吓唬我。可是从未打到过我头上的马鞭子，也从未把我爱跑的癖气吓唬回去！.

刮风下雨，我出不去的时候，便缠着母亲或奶娘，请她们说故事。把“老虎姨”“蛇郎”“牛郎织女”“梁山伯祝英台”等，都听完之后，我又不肯安分了。那时我已认得二三百个字，我的大弟弟已经出世，我的老师，已不是母亲，而是我的舅舅——杨子敬先生——了。舅舅知道我爱听故事，便应许在我每天功课做完，晚餐之后，给我讲故事。头一部书讲的，便是《三国志》。三国的故事比“牛郎织女”痛快得多。我听得晚上舍不得睡觉。每夜总是奶娘哄着，脱鞋解衣，哭着上床。而白日的功课，却做得加倍勤奋。舅舅是有职务的人，公务一忙，讲书便常常中止。有时竟然间断了五六天。我便急得热锅上的蚂蚁一般。天天晚上，在舅舅的书桌边徘徊。然而舅舅并不接受我的暗示！至终我只得自己拿起《三国志》来看，那时我才七岁。

我囫囵吞枣，一知半解的，直看下去。许多字形，因着重复呈现的关系，居然字义被我猜着。我越看越了解，越感着兴趣，一口气看完《三国志》，又拿起《水浒传》和《聊斋志异》。

那时，父亲的朋友，都知道我会看《三国志》。觉得一个七岁的孩子，会讲“董太师大闹凤仪亭”，是件好玩有趣的事情。每次父亲带我到兵船上去，他们总是把我抱坐在圆桌子当中，叫我讲《三国志》。讲书的报酬，便是他们在海天无际的航行中，唯一消遣品的小说。我所得的大半是商务印书馆出版的林译说部。如《孝女耐儿传》《滑稽外史》《块肉余生述》之类。从船上回来，我欢喜地前面跳跃着；后面白衣的水兵，抱着一大包小说，笑着，跟着我走。

这时我自己偷偷地也写小说。第一部是白话的《落草山英雄传》，是介乎《三国志》《水浒传》中间的一种东西。写到第三回，便停止了。因为“金鼓齐鸣，刀枪并举”，重复到几十次，便写得没劲了。我又换了《聊斋志异》的体裁，用文言写了一部《梦草斋志异》。“某显者，多行不道”，重复地写了十几次，又觉得没劲，也不写了。

此后便又尽量地看书。从《孝女耐儿传》等书后面的“说部丛书”目录里，挑出价洋一角两角的小说，每早送信的马夫下山的时候，便托他到芝罘市唯一的新书店明善书局（？）去买。——那时我正学造句，做短文。做得好时，先生便批上“赏小洋一角”，我为要买小说，便努力作文——这时我看书看迷了，真是手不释卷。海边也不去了，头也不梳，脸也不洗；看完书，自己喜笑，自己流泪。母亲在旁边看着，觉得忧虑；竭力地劝我出去玩，我也不听。有一次母亲急了，将我手里的《聊斋志异》卷一，夺了过去，撕成两段。我趑趄地走过去，拾起地上半段的《聊斋》来又看，逗得母亲反笑了。

舅舅是老同盟会会员。常常有朋友从南边或日本，在肉松或茶叶罐里，寄了禁书来，如《天讨》之类。我也学着他们，在夜里无人时偷看。渐渐地对于国事，也关心了，那时我们看的报，是上海《神州日报》《民呼报》。于是旧小说、新小说和报纸，同时并进。到了十一岁，我已看完了全部“说部丛书”，以及《西游记》《水浒传》《天雨花》《再生缘》《儿女英雄传》《说岳》《东周列国志》等等。其中我最不喜欢的是《封神演义》。最觉得无味的是《红楼梦》。

十岁的时候，我的表舅父王夅逢先生，从南方来。舅舅把老师的职分让给了他。第一次他拉着我的手，谈了几句话，便对父亲夸我“吐属风流”。——我自从爱看书，一切的字形，我都注意。人家堂屋的对联；天后宫，龙王庙的匾额、碑碣；包裹果饵的招牌纸；香烟画片后面，格言式的短句子，我都记得烂熟。这些都能助我的谈锋。——但是上了几天课，多谈几次以后，表舅发现了我的“三教九流”式的学问，便委婉地劝诫我，说读书当精而不滥。于是我的读本，除了《国文教科书》以外，又添了《论语》《左传》和《唐诗》（还有种种新旧的散文，旧的如《班昭女诫》，新的如《饮冰室自由书》）。直至那时，我才开始和经诗接触。

夆逢表舅是我有生以来，第一个好先生！因着他的善诱，我发疯似的爱了诗。同时对于小说的热情，稍微地淡了下去。我学对对子，看诗韵。父亲和朋友们，开诗社的时候，也许我旁听。我要求表舅教给我做诗，他总是不肯，只许我做论文。直到我在课外，自己做了一二首七绝，呈给他看，他才略替我改削改削。这时我对于课内书的兴味，最为浓厚。又因小说差不多的已都看过，便把小说无形中丢开了。

辛亥革命起，我们正在全家回南的道上。到了福州，祖父书房里，满屋满架的书，引得我整天黏在他老人家身边，成了个最得宠的孙儿。但是小孩子终是小孩子，我有生以来，第一次和姊妹们接触。（我们大家庭里，连中表，有十来个姊妹。）这调脂弄粉，添香焚麝的生活，也曾使我惊异沉迷。新年、元夜、端午、中秋的烛光灯影，使我觉得走入古人的诗中！玩的时候多，看书的时候便少。此外因为我又进了几个月的学校——福州女师——开始接触了种种的浅近的科学，我的注意范围，无形中又加广了。

一九一三年（民国二年），全家又跟着父亲到北京来。这一年中没有正式读书。我的生活是：弟弟们上课的时候，我自己看杂志。如母亲定阅的《妇女杂志》《小说月报》之类。从杂志后面的“文苑栏”，我才开始知道“词”，于是又开始看各种的词。等到弟弟们放了学，我就给他们说故事。不是根据着书，却也不是完全杜撰。只是将我看过的新旧译著几百种的小说，人物布局，差来错去地胡凑，也自成片段，也能使小孩子们，聚精凝神，笑啼间作。

一年中，讲过三百多段信口开河的故事，写过几篇从无结局的文言长篇小说——其中我记得有一篇《女侦探》，一篇《自由花》，是一个女革命家的故事——以后，一九一四年的秋天，我便进了北京贝满女中。教会学校的课程，向来是严紧的，我的科学根底又浅；同时开始在团体中，发现了竞争心，便一天到晚的，尽做功课。

中学四年之中，没有显著地看什么课外的新小说（这时我爱看笔记小说，以及短篇的旧小说，如《虞初志》之类）。我所得的只是英文知识，同时因着基督教义的影响，潜隐地形成了我自己的“爱”的哲学。

我开始写作，是一九一九年，“五四运动”以后。那时我在协和女大，后来并入燕京大学，称为燕大女校。——“五四运动”起时，我正陪着二弟，住在德国医院养病，被女校的学生会，叫回来当文书。同时又选上女学界联合会的宣传股。联合会还叫我们将宣传的文字，除了会刊外，再找报纸去发表。我找到《晨报副刊》，因为我的表兄刘放园先生，是《晨报》的编辑。那时我才正式用白话试作，用的是我的学名谢婉莹，发表的是职务内应作的宣传的文字。

放园表兄，觉得我还能写，便不断地寄《新潮》《新青年》《改造》等，十几种新出的杂志，给我看。这时我看课外书的兴味，又突然浓厚起来，我从书报上，知道了杜威和罗素；也知道了托尔斯泰和泰戈尔。这时我才懂得小说里有哲学的，我的爱小说的心情，又显著地浮现了。我酝酿了些时，写了一篇小说《两个家庭》，很羞怯地交给放园表兄。用冰心为笔名。一来是因为冰心两字，笔画简单好写，而且是莹字的含义。二来是我太胆小，怕人家笑话批评；冰心这两个字，是新的，人家看到的时候，不会想到这两字和谢婉莹有什么关系。

稿子寄去后，我连问他们要不要的勇气都没有！三天之后，居然登出了。在报纸上看到自己的创作，觉得有说不出的高兴。放园表兄，又竭力地鼓励我再作。我一口气又作了下去，那时几乎每星期有出品，而且多半是问题小说，如《斯人独憔悴》《去国》《庄鸿的姊姊》之类。

这时做功课，简直是敷衍！下了学，便把书本丢开，一心只想作小说。眼前的问题作完了，搜索枯肠的时候，一切回忆中的事物，都活跃了起来。快乐的童年，大海，荷枪的兵士，供给了我许多的单调的材料。回忆中又渗入了一知半解、肤浅零碎的哲理。第二期——一九二〇至一九二一的作品，小说便是《国旗》《鱼儿》《一个不重要的兵丁》，等等，散文便是《无限之生的界线》《问答词》，等等。

谈到零碎的思想，要连带着说一说《繁星》和《春水》。这两本“零碎的思想”，使我受了无限的冤枉！我吞咽了十年的话，我要倾吐出来了。《繁星》《春水》不是诗。至少是那时的我，不在立意作诗。我对于新诗，还不了解，很怀疑，也不敢尝试。我以为诗的重心，在内容而不在形式。同时无韵而冗长的诗，若是不分行来写，又容易与“诗的散文”相混。我写《繁星》，正如跋言中所说，因着看泰戈尔的《飞鸟集》，而仿用他的形式，来收集我零碎的思想（所以《繁星》第一天在《晨副》登出的时候，是在“新文艺”栏内。登出的前一夜，放园从电话内问我：“这是什么？”我很不好意思地说：“这是小杂感一类的东西……”）。

我立意作诗，还是受了《晨报副刊》记者的鼓励。一九二一年六月二十三日，我在西山写了一段《可爱的》，寄到《晨副》去，以后是这样地登出了，下边还有记者的一段按语：

可爱的，
除了宇宙，
最可爱的只有孩子。

和他说话不必思索，

态度不必矜持。

抬起头来说笑，

低下头去弄水。

任你深思也好，

微讴也好；

驴背上，

山门下，

偶一回头望时，

总是活泼泼的，笑嘻嘻的。

这篇小文，很饶诗趣，把它一行行地分写了，放在诗栏里，也没有不可。（分写连写，本来无甚关系，是诗不是诗，须看文字的内容。）好在我们分栏，只是分个大概，并不限定某些必当登载怎样怎样一类的文字，杂感栏也曾登过些极饶诗趣的东西，那么，本栏与诗栏，不是今天才打通的。

记者

于是畏怯的我，胆子渐渐地大了，我也想打开我心中的文栏与诗栏。几个月之后，我分行写了几首《病的诗人》。第二首是有韵的。

因为我终觉得诗的形式，无论如何自由，而音韵在可能的范围内，总是应该有的。此后陆续地又作了些。但没有一首，自己觉得满意的。

那年，文学研究会同人，主持《小说月报》。我的稿子，也常在那上面发表。那时的作品，仍是小说居多，如《笑》《超人》《寂寞》等，思想和从前差不了多少。在字句上，我自己似乎觉得，比从前凝练一些。

一九二三年秋天，我到美国去。这时我的注意力，不在小说，而在通讯。因为我觉得用通讯体裁来写文字，有个对象，情感比较容易着实。同时通讯也最自由，可以在一段文字中，说许多零碎的有趣的事。结果，在美三年中，写成了二十九封寄小读者的信。我原来是想用小孩子口气，说天真话的，不想越写越不像！这是个不能避免的失败。但是我三年中的国外的经历，和病中的感想，却因此能很自由地速记了下来，我觉得欢喜。

这时期中的作品，除通讯外，还有小说，如《悟》《剧后》等。诗则很少，只有《赴敌》《赞美所见》等。还有《往事》的后十则，前二十则，是在国内写的。那就是放大的《繁星》和《春水》，不知道读者觉得不觉得？在美的末一年，大半的光阴，用在汉诗英译里。创作的机会就更少了。

一九二六年，回国以后直至一九二九年，简直没有写出一个字。若有之，恐怕只是一两首诗，如《我爱，归来吧，我爱》《往事集自序》等。缘故是因为那时我忙于课务，家又远在上海，假期和空下来的时间，差不多都用在南下北上之中，以及和海外的藻通信里。如今那些信件，还堆在藻的箱底。现在检点数量，觉得那三年之中，我并不是没有创作！

一九二九年六月，我们结婚以后，正是两家多事之秋。我的母亲和藻的父亲相继逝世。我们的光阴，完全用在病苦奔波之中。这时期内我只写了两篇小说，《三年》和《第一次宴会》。

此后算是休息了一年。一九三一年二月，我的孩子宗生便出世了。这一年中只写了一篇《分》，译了一本《先知》（*The Prophet*），写了一篇《南归》，是纪念我的母亲的。

以往的创作，原不止这些，只将在思想和创作的时期上，有关系的种种作品，按着体裁，按着发表的次序，分为三部：一、小说之部，共有《两个家庭》等二十九篇。二、诗之部，有《迎神曲》等三十四首，附《繁星》和《春水》。三、散文之部，有《遥寄印度哲人泰戈尔》《梦》《到青龙桥去》《南归》等十一篇，附《往事三十则》，寄小读者的信二十九封，《山中记事》十则。开始写作以后的作品，值得道及的，尽于此了！

从头看看十年来自己的创作和十年来国内的文坛，我微微地起了感慨，我觉得我如同一个卖花的老者，挑着早春的淡弱的花朵，歇担在中途。在我喘息挥汗之顷，我看见许多少年精壮的园丁，满挑着鲜艳的花，葱绿的草，和红熟的果儿，从我面前如飞地过去。我看着只有惊讶，只有艳羡，只有悲哀。然而我仍想努力！我知道我的弱点，也知我的长处。我不是一个有学问的人，也没有喷溢的情感，然而我有坚定的信仰和深厚的同情。在平凡的小小的事物上，我仍宝贵着自己的一方园地。我要栽下平凡的小小的花，给平凡的小小的人看！

我敬谨致谢于我亲爱的读者之前！十年来，我曾得到许多褒和贬的批评。我惭愧我不配受过分的赞扬。至于对我作品缺点的指摘，虽然我不曾申说过半句话，只要是批评中没有误会，在沉默里，我总是满怀着乐意在接受。

我也要感谢许多小读者！接到你们许多信函，天真沉挚的言辞，往往使我看了，受极大的感动。我知道我的笔力，宜散文而不宜诗。又知道我认识孩子烂漫的天真，过于大人复杂的心理。将来的创作，仍要多在描写孩子上努力。

重温这些旧作，我又是如何地追想当年戴起眼镜，含笑看稿的母亲！我虽然十年来讳莫如深，怕在人前承认，怕人看见我的未发表的稿子。而我每次作完一篇文字，总是先捧到母亲面前。她是我的最忠实最热诚的批评者，常常指出了我文字中许多的牵强与错误。假若这次她也在这里，花香鸟语之中，廊前倚坐，听泉看山。同时守着她唯一爱女的我，低首疾书，整理着十年来的乱稿，不知她要如何的适意，喜欢！上海虹桥的坟园之中，数月来母亲温静的慈魂，也许被不断的炮声惊碎！今天又是清明节，二弟在北平城里，陪着父亲；大弟在汉口；三弟还不知在大海的哪一片水上；一家子飘萍似的分散着！不知上海兵燹之余，可曾有人在你的坟头，供上花朵？安眠吧，我的慈母！上帝永远慰护你温静的灵魂！

最后我要谢谢纪和江，两个陪我上山，宛宛婴婴的女孩子。我写序时，她们忙忙地抄稿。我写倦了的时候，她们陪我游山。花里，泉边，她们娇脆的笑声，唤回我十年前活泼的心情，予我以无边的快感。我一生只要孩子们追随着我，我要生活在孩子的群中！

一九三二年清明节，香山，双清别墅

# 忆读书

一谈到读书，我的话就多了！

我自从会认字后不到几年，就开始读书。倒不是四岁时读母亲教给我的商务印书馆出版的国文教科书第一册的“天、地、日、月、山、水、土、木”以后的那几册，而是七岁时开始自己读的“话说天下大势，分久必合，合久必分……”的《三国演义》。

那时我的舅父杨子敬先生每天晚饭后必给我们几个表兄妹讲一段《三国演义》，我听得津津有味，什么“宴桃园豪杰三结义，斩黄巾英雄首立功”，真是好听极了。但是他讲了半个钟头，就停下去干他的公事了。我只好带着对于故事下文的无限悬念，在母亲地催促下，含泪上床。

此后，我决定咬了牙，拿起一本《三国演义》来，自己一知半解地读了下去，居然越看越懂，虽然字音都读得不对，比如把“凯”念作“岂”，把“诸”念作“者”之类，因为我只学过那个字一半部分。

谈到《三国演义》，我第一次读到关羽死了，哭了一场，把书丢下了。

第二次再读时，到诸葛亮死了，又哭了一场，又把书丢下了。最后忘了是什么时候才把全书读到“分久必合”的结局。

这时我同时还看了母亲针线笸箩里常放着的那几本《聊斋志异》，聊斋故事是短篇的，可以随时拿起放下，又是文言的，这对于我的作文课很有帮助，因为我的作文老师曾在我的作文本上批着“柳州风骨，长吉清才”的句子，其实我那时还没有读过柳宗元和李贺的文章，只因那时的作文，都是用文言写的。

因为看《三国演义》引起了我对章回小说的兴趣，对于那部述说“官逼民反”的《水浒传》尤其欣赏。那部书里着力描写的人物，如林冲——林教头风雪山神庙一回，看了使我义愤填膺！——武松、鲁智深等人，都有其自己极其生动的风格，虽然因为作者要凑成三十六天罡七十二地煞勉勉强强地写满了一百〇八人的数目，我觉得也比没有人物个性的《荡寇志》强多了。

《精忠说岳》并没有给我留下太大的印象，虽然岳飞是我从小就崇拜的最伟大的爱国英雄。在此顺便说一句，我酷爱古典诗词，但能够从头背到底的，只有岳武穆的《满江红》“怒发冲冠”那一首，还有就是李易安的《声声慢》，她那几个叠字：“寻寻觅觅，冷冷清清，凄凄惨惨戚戚……”写得十分动人，尤是以“寻寻觅觅”起头，描写尽了“如有所失”的无聊情绪。

到我十一岁时，回到故乡的福州，在我祖父的书桌上看到了林琴南老先生送给他的《茶花女遗事》，使我对于林译外国小说引起了广泛的兴趣，那时只要我手里有几角钱，就请人去买林译小说来看，这又使我知道了许多外国的人情世故。

《红楼梦》是在我十二三岁时候看的，起初我对它的兴趣并不大，贾宝玉的女声女气，林黛玉的哭哭啼啼，都使我厌烦，还是到了中年以后再拿起这部书看时，才尝到“满纸荒唐言，一把辛酸泪”，一个朝代和家庭的兴亡盛衰的滋味。

总而言之，统而言之，我这一辈子读到的中外的文艺作品，不能算太少。我永远感到读书是我生命中最大的快乐！从读书中我还得到了做人处世的“独立思考”的大道理，这都是从《修身》课本中所得不到的。

我自一九八六年到日本访问回来后即因伤腿闭门不出，“行万里路”做不到了，“读万卷书”更是我唯一的消遣。我每天都会得到许多书刊，知道了许多事情，也认识了许多人物。同时，书看多了，我也会挑选、比较。比如说看了精彩的《西游记》就会丢下烦琐的《封神榜》，看人物如生的《水浒传》就不会看索然无味的《荡寇志》等等。对于现代的文艺作品，那些写得朦朦胧胧的、堆砌了许多华丽的词句的、无病而呻、自作多情的风花雪月的文字，我一看就从脑中抹去；但是那些满带着真情实感、十分质朴浅显的篇章，哪怕只有几百几千字，也往往使我心动神移，不能自已！

书看多了，从中也得到一个体会：物怕比，人怕比，书也怕比，“不比不知道，一比吓一跳”。

因此，某年的六一国际儿童节，有个儿童刊物要我给儿童写几句指导读书的话，我只写了九个字，就是：读书好，多读书，读好书。

**一九八九年九月八日清晨，国际扫盲日、中国教师节前夕**

# 译书的我见

我对于翻译书籍一方面，是没有什么经验的；然而我在杂志和报纸上面，常常理会得在翻译的文字里头，有我个人觉得不满意的地方，因此要摘举它们的缺点，记在下面：

（一）在外国文字里面，有许多的名词和字眼，是不容易翻译的，不容易寻得适宜的中国字眼和名词去代表的；因此那译者便索性不译，仍旧把原字夹在行间字里。

我们为什么要译书？简单浅近地说一句，就是为供给那些不认得外国文字的人，可以阅看诵读；所以既然翻译出来了，最好能使它通俗。现在我们中国，教育还没有普及，认得字的人，比较的已经是很少的了，认得外国文字的人，是更不用说的。这样，译本上行间字里，一夹着外国字，那意思便不连贯，不明了，实在是打断了阅者的兴头和锐气；或者因为一两个字贻误全篇，便抛书不看了。如此看来，还只有认得外国文字的人，才可以得那译本的益处，岂不是画蛇添足，多此一举么？所以我想最好就是译者对于难译的名词、字眼，能以因时制宜，参看上下文的意思取那最相近的中国字眼名词，翻译出来。若是嫌它词不达意，尽可用括号将原字圈起来，附在下面，以备参考。至于人名地名，因为译者言人人殊，有时反足致人误会，似乎还是仍其本真妥当些。

（二）翻译的文字里面，有时太过的参以己意，或引用中国成语——这点多半是小说里居多——使阅者对于书籍，没有了信任。例如：“……吾恐铜山东崩，洛钟西应……”

“……‘父亲，请念这蜡烛上的字。’孙先生欣然念道：‘福如东海……寿比南山。’……”

“……是不是取‘同心之言，其臭如兰’的意思呢？……”像这一类的还多——我常常疑惑，那原本上叙述这事或这句话的时候，是怎样转接下去的。这“同心之言，其臭如兰”分明是中国成语，寿烛上刻着“福如东海，寿比南山”分明是中国的习惯，而且译者又这样的用法，自然是译者杜撰的了。类推其余的，也必是有许多窜易的地方。这样，使阅者对于译本，根本上不信任起来，这原没有苛求的价值。

然而译者对于著者未免太不负责任了，而且在艺术的“真”和“美”上，是很有关系的，似乎还是不用为好。

（三）有时译笔太直截了。西国的文法，和中国文法不同；太直译了，往往语气颠倒，意思也不明了。为图阅者的方便起见，不妨稍为地上下挪动一点。例如：“……这时他没有别的思想，除了恐怖忧郁以外……”假如调动一番，使它成为：“……他这时除了恐怖忧郁以外，没有别的思想。……”或者更为妥当一些。

还有一件事，虽然与译书无关，但也不妨附此说说；就是在“非翻译”的文字里面，也有时在引用西籍的文字，或是外人的言论的时候，便在“某国的某某曾说过”之下，洋洋洒洒地抄了一大篇西文，后面并不加以注释。或是在一句之中，夹上一个外国字，或是文字之间，故意语气颠倒。

对于第一条，写一大篇外国字的办法，我没有工夫去重抄，总之是极其多见就是了。

第二条例如：“……既然有Right就应当有duty……”

“……Oh！my dear friend！你们要……”

“……都彼此用真情相见，便用不着Mask了。……”

第三条例如：“……‘花儿！——花儿！’半开的大门台阶上一个老女人喊道。……”

“……‘你的东西忘下了，’他一路追一路嚷……”

像这一类——二、三条——的更多了。

前些日子，有一位朋友和我谈到这件事。他说：“我真不明白作这文章的人，是什么意思。若是因为这几个字，不容易拿中国字去代替，只得仍用它夹在句子里，这样，十分热心要明白了解这句子的人，不免要去查字典，或是要请教别人，作者何不先自己用一番工夫，却使阅者费这些手续？何况Right原可翻作‘权利’，duty原可翻作‘义务’，mask原可翻作‘假面具’呢。作者如要卖弄英文，何不就做一篇英文论说，偏要在一大篇汉文论说里，嵌上这小小的一两个字呢？不过只显得他的英文程度，还是极其肤浅就是了。”——他所说的话，未免过激，我不敢附和。然而这样的章法，确有不妥的地方，平心而论，总是作者不经意，不留心，才有这样的缺点，——平常对同学或朋友谈话的时候，彼此都懂得外国文字，随便谈惯了。作文的时候，也不知不觉的，便用在文字里。在作者一方面，是毫无轻重的。然而我们在大庭广众之间，有时同乡遇见了，为着多数人的缘故，尚且不肯用乡音谈话。何况书籍是不胫而走的，更应当为多数人着想了。盼望以后的作者，对于这点，要格外注意才好。

引用外国书籍上的文字，或是名人的言语的时候，也更是如此，否则要弄出“言者谆谆，听者藐藐”的笑柄，白占了篇幅，却不发生效力，时间和空间上，都未免太不经济了。

何况引用的话，都是极吃力有精彩的呢。

有时全篇文字，句句语气颠倒，看去好像是翻译的文字。

这原是随作者的便，不过以我个人看去，似乎可以不必！

归总说一句，就是译书或著书的宗旨，决不是为自己读阅，也决不是为已经懂得这书的人的读阅。耶稣说：“康健的人，用不着医生，有病的人，才用得着。”译者和作者如处处为阅者着想，就可以免去这些缺点了。

婉莹

# 国 旗

笔筒里的一幅小小的国旗，低低地垂拂着，——无论什么时候，我抬起头来看见他，总觉得有一种庄严兴奋的感情。世界上也只有这样小小的巾儿，才能触动这种不可抵抗的感觉！

夕阳到了地平了，霞光漾进窗里来，墙外隐隐地听见跳跃笑语。膝上的一本书，正看到很费解的一段，不禁抬头凝想着。忽然看见小弟弟，自己呆呆的，坐在对面椅子上发怔。我便放下书，笑着问道："你一个人，进来坐着做什么？谁和你怄气了？"他慢慢地挪了过来，倚着椅背儿，生着气说："二哥哥说我了……"我说："他说你什么了？"他说："他不许我和武男玩，他说我要和武男玩，人家就要笑话我；从前我和杰蒙玩，也是他给……他说杰蒙是德国人，我们同他们是什么交战国，他不许我理他，现在他又不许……"正说着，二弟连忙从外面进来，哄着小弟弟说："我劝你不要和武男玩，不是说你，是怕你叫同学们笑话。"小弟弟牵着二弟的手，低着头说："你平日也有朋友，怎么人家都不笑话你？"二弟笑了，说："我的朋友都是中国孩子，武男却是……小弟弟！你忘了上次我们听的演说吗？学生要爱国！”小弟弟想了一会儿说：“他也爱我们的国，我们也爱他们的国，不是更好吗？各人爱各人的国，闹得朋友都好不成！我们索性都不要国了，大家合拢来做一国，再连上杰蒙……”

二弟忽然从笔筒里拿出那一柄国旗来，放在小弟弟的手里，凝视着他说：“小弟弟，你爱这国旗吗？”小弟弟低低地说：“我——我爱这国旗！”二弟说：“你还小呢，你只懂得爱朋友，不懂得爱国。也罢，现在你爱这国旗吧，不要再出去了！”小弟弟也不言语了，接过旗儿来，两个弟兄牵着手儿，并着肩儿站着。

我看着他们，一声儿不响，心中起了一种异样的热烈的感觉。

细碎的木屐声音近了，一个白胖的小脸儿，露在外院的门边，小头儿点着，小手儿拿着小旗儿招着。二弟指给小弟弟看，说：“你看武男也拿着他们的旗儿呢，人家都懂得爱国！”小弟弟看着二弟，看了一会儿，也便摇着头儿，招着旗儿。

一样可爱的小脸儿，一样漆黑的头发，一样黯寂可怜的神儿！

两个孩子，隔着窗户，挥着旗子，却都凝立不动。

我看着他们，一声儿不响，心中另起了一种异样伟大的感觉！

国旗呵，你这一块人造的小小的巾儿，竟能隔开了这两个孩子天真的朋友的爱！

这小小的巾儿，百千万面，帐幕般零零碎碎地隔开了世界上的，天真的，伟大的爱！人类呢，都蒙蔽在这百千万面的旗影里，昏天黑地的，过那无同情，不互助的生活！

“小弟弟，你出去和你的朋友玩吧，国旗算什么？”

两个旗儿，并在一处，幻成了一种新的和平的标帜。两个孩子拉着手，并着肩，向着晚霞边的草场走去。我拊着二弟的肩，目送着这两个孩子，走入光影里，还隐约听见他们说：“我们索性都不要国了，大家合拢来，再连上杰蒙——”

二弟慢慢地回过头来，看着我说：“姊姊——大家合拢来……朋友的爱，是比国家的爱，更……我的话说错了！”

书还在桌子上，刚才凝想的那一段，又跳上眼帘来：

“因为我们现在所知道的有限……等那完全的来到，这有限的必归于无有了！”

# 谈孟子和民主

听说日本著名作家井上靖先生，写了一本叫作《孔子》的书，在日本大受欢迎，成了畅销书之一。对于至圣先师孔子，我当也极尊崇。我小时候在私塾里，也读过背过一部《论语》，以后又读、背过《孟子》，可惜只读了一章，我便进了学校，改读“国文教科书”了。

前年我托朋友买了一本《十三经》，想自己阅读古人的书，以补我的对于祖国古典经史知识之不足。这十三经是：1. 周易，2. 尚书，3. 毛诗，4. 周礼，5. 仪礼，6. 礼记，7. 春秋左传，8. 春秋公羊传，9. 春秋偲梁传，10. 论语，11. 孝经，12. 尔雅，13. 孟子。

我不厌其烦地写出了《十三经》每一卷的名字，因为我读了前几卷，有的不懂，如《周易》，有的太烦琐了，如《礼记》之类，只有《毛诗》还看得进去。一直看到第十三卷《孟子》，我心里忽然感到豁然开朗，没想到两千多年以前的古人，就主张“民主”，且言论精辟深刻！我希望读者们都自己去找出这本古书来，细细地读它一遍！在这里我只能举出一些给我印象最深的几点：

他主张“与民同乐”，他处处重视“人民”，把“人民”放在“君主”之上。

他说，国人皆曰可用，则用之；国人皆曰可杀，则杀之。这里的“国人”，就是“老百姓”，就是“人民”。凡事不能由“君王”擅自作主。

他主张君臣平等，他说君之视臣如土芥，则臣视君如寇仇。意思是当君王把人民踩在脚下的时候，人民就可以把君王当作敌人。这话说得多么直接痛快！

他的“大丈夫”的定义，也是极其深刻的。“大丈夫”用现代的话说，就是“堂堂男子汉”，是个极其自豪的名词。孟子说：“富贵不能淫，贫贱不能移，威武不能屈，此之谓大丈夫。”他把“富贵不能淫”放在首位，足见“贫贱不能移，威武不能屈”凡是有操守的人都还容易做到，富贵了而能不被淫是比较困难的。因为富贵了必然有权，有权就有了一切，“一朝权在手，便把令来行”；有了权就可以胡作非为，什么民意，都可以不顾了！这些都是富贵能淫的人。富贵了而能不被淫的人，从我国几千年的封建历史上看，几乎数不出几个来！

一九八九年十一月二十九日

# 施者比受者更为有福

我看着我客厅里的两架玻璃书柜里堆叠着的许许多多海内外的朋友亲戚和许许多多不认识的小朋友送我的贺年片。那些片上的图画真是花团锦簇，不但有花朵、儿童，还有更多的小猫（也都是白色的，和我的咪咪一样）。

我衷心地感谢这许多年来给我写信的上百上千的小朋友们，他（她）们的情意是那么恳切，字迹是那么工整，最后还总是祝我健康长寿。我的寿命真是不短，算来已经度过八十八个春秋了。但是健康呢，却有不少问题，我从一九八〇年九月右腿骨折后，不但行动不自由了，生活也不能自理，这时亏得有我小女婿的姐姐陈玙同志，日夜在帮助照顾我。我不但夜里不能自己翻身，连人家把我扶坐书桌前以后凡是我的手够不到的地方，还是要人帮忙，比如拿一本书，一支笔，一张纸，一杯茶等等、等等都是要麻烦人的。我们一般笑骂无用的人是“行尸走肉”，但是我却连“行尸走肉”都不如，因为“尸”“肉”还能行走！

想起我小的时候，在海岸上狂奔……就是在一九八〇年以前，我也还是走遍五湖四海。我半夜醒来还会悄悄地呜咽！

我勉励着自己坚强起来，还满有希望似的说过“生命从八十岁开始”，但实际上那种的生命，是什么样的生命啊！

我近来又增加上右膝骨上骨节增生，眼睛里又有了白内障，起来、坐下、看书、写字都有困难……总之，这些都是我从来不复小朋友信的原因。我不但没有时间，也没有了精力。但我已珍重地将这些年来收到的千百封可贵的信，都送到巴金同志创办的“中国现代文学馆”，请他们代为收藏起来了。

中国俗话说：“岁数不饶人”，老年来到了，这原是无法抗拒的千古以来的真理。是我自己太“天真”了，不能正确地承认这个真理！

话说回来，我看着我玻璃书柜里堆积的那些五光十色的贺年片，我心里充满了幸福！

我也记得西方一本圣书上有句能够说出我心底的话的句子，是“施者比受者更为有福”！

一九八九年一月七日大雪之后

# 无士则如何

前几年，不少领导人常说：无农不稳，无工不富，无商不活。其后，又有人加了一句：无兵不安。这些话都对，概括得也非常准确。可惜尚缺一个重要方面——无士怎么样呢？

士，就是知识、文化、科学、教育，就是知识分子、人才。

几个月前，我曾向一些同志提出这个问题。后来有的报刊将我这问题公开发表了。我想，发表也好，让社会上各方有识之士来一起思索吧。

果然，半个月中，我就收到有全国政协转来三封信件，都是“无士则如何”的回响。即使是微弱的回响，也比石沉大海要好。恕我没有征求他们的同意，将三封信的内容摘录如下。因为我觉得信虽是写给我个人的，而谈论的却是全社会、全民族所关心和应该关心的大事。

江西南昌油脂化工厂陈水根的信中说：

“我个人认为答案应是无士不兴。兴者，旺盛之谓也。‘没有文化的军队是愚蠢的军队’，同样，没有文化的群体是愚蠢的群体。无士，我们的事业就不会兴旺发达。

“我是一个普通老百姓，接触的是大众的实践。我认为，要实现四个现代化，不提高全民族的文化素质是不可思议的。无论在国际还是在国内，吃亏在文化素质低的例子俯拾皆是。您老知道的比我更多（这倒未必。——冰心注）。这要引起领导们的重视，尤其是决策者的重视，要把提高全民族的文化素质提到重要议事日程上来议议。

“任何民族都需要有一精神支柱，尤其是当今改革开放的时代，尤显重要。这支柱的建造需要全民族的文化素质与道德修养凝聚。舍此别无他路。因此，要重视文化知识，重视道德修养，重视知识分子，提高教师的社会地位是势在必行、理所当然的事。”

黑龙江齐齐哈尔市求是新能源研究所杨俊宇同志信中说：

“目前我们国家正在进行四化建设，目的是要建成文明昌盛的国家。否则，我们就有被开除‘球籍’的危险了。因此，我悟出了你所提的问题的答案，这就是‘无士不昌’。加上这句，就完整了。是否有当，请您及政协委员们给以指正。”

四川成都513信箱余人同志对这个问题更作了详尽的阐述。他说：

“士者，知识分子也。它是和知识、科学、社会文明紧密联系的代名词。中国要富强，中华要振兴，一要靠民主，二要靠科学。但归根到底是要靠科学。因为民主也是一种科学，它属于社会科学范畴。

一切事物，党也好，政也好，农也好，工也好，商也好，教也好，如果违背了科学而行事，必将受到应有的惩罚，产生阻碍社会发展的破坏力量。很难想象，在一个文盲充塞、科学文化落后、社会道德水平低下的国度能建设现代化的国家。靠缺乏教育和文化修养的人不能搞好现代化事业；靠杂乱无章的管理不能建立社会主义经济新秩序；靠投机诈骗、阿谀奉承、以权谋私之徒，只能搞乱整个社会。这是再明显不过的道理。我们中国在世界民族之林中还处于落后地位，究其原因，不是因为懒惰，也不是因为贫穷，而是长时期缺乏民主和不重视科学所造成的恶果。缺乏民主制度和民主观念，必然阻碍科学文化的发展和社会的进步，而科技落后、文化素质低，社会生产力低下，又维持了不民主制度的延续。如此恶性循环，就使社会停滞不前。

“要促进民主化进程，促进科学技术发展，首先就要培养更多的士，造成更多的有用之材。而教育，又是振兴中华的基础工程，切不可认为办教育不但不赚钱、反而花大钱而丢了这项千年大计的根本，去办那些急功近利的蠢事；更不要只把重视教育挂在口头上，写在文件中，而不去办一件两件实实在在的事。

“所以，对冰心老前辈所提问题，我这个后生小子的答案，只有一句话：无士不兴！”

他们三位身在天南地北，却不约而同地说了同一个意思。可见人同此心，心同此理，我也似乎无需再多说什么了。我只希望领导者和领导部门谛听一下普通群众、普通知识分子的心声，更要重视“无士”的严重而深远的后果。“殷鉴不远”，只要回想一下十年大乱中践踏知识、摧残知识分子、大革文化命所造成的灾难，还不清楚吗？

岁月易逝，“五四运动”七十周年就在眼前。七十年前，一批思想界、文化界的先锋人物，于国事蜩螗之时高举民主和科学大旗，向封建势力、军阀势力和帝国主义势力冲击，揭开中国的现代史页。时隔七十年，我们今天还是要大声疾呼：要让德先生、赛先生在中国这个古老的土地上生根、发芽、开花、结果。如果不重视“士”，不重视科学、教育、文化，德先生和赛先生就成了空谈，现代化也会流于纸上谈兵。

一九八八年十一月

# 法律以外的自由

只有小孩子能够评判什么是："法律以外的自由"；我们是没有这么高的见解，这么大的魄力的。然而我们是真没有么？可怜呵！我们的见解和魄力，只是受了社会的熏染，因而失去的，而汩没了的。

四月九号上午，我在本校附设的半日学校教授国文，讲到"自由"一课，课本上有"法律以内的自由"和"法律以外的自由"，我要使他们明了，便在黑板上画一个圈儿，假定它做法律；然后我拿着粉笔，站在黑板旁边，说："请你们随便举几件事，是法律以内的自由。"他们错错落落地说："念书。""做事。""买东西。""洗脸。""梳头。"我一一都写在圈里。以后我又请他们说"法律以外的自由"的时候，他们又杂乱着说："打人。""骂人。""欺负人。"我也照样写在圈儿外。忽然有声音从后面说："先生！还有打仗也是法律以外的自由。"这声音猛然地激刺我，回过头来，只见是一个小男学生说的，他仰着小脸，奇怪我为何不肯往上写，便又重说一句，"先生！还有打仗也是法律以外的自由。"

我无话可说，无言可答，迟疑了一会，只得强颜问道：“为什么打仗是法律以外的自由？”——可怜呵！我何敢质问这些小孩子，不过是要耽延时间，搜索些诡辞来答复罢了。

他们一齐说：“打仗是要杀人的，比打人骂人还不好。”

我承认了吧，但是国家为什么承认战争？国家为什么要兵？为保护自己，是的，但是必有侵占才能有保卫，那方面仍是法律以外的自由，这些小孩子已经开始疑惑战争，更要一步一步地疑惑他们所以为的世界上一切神圣庄严的东西，将我前几天和他们接续所讲的“政府”“国会”等都要根本的疑惑起来了；不承认吧，我可用什么话驳他们!

天真纯洁的小孩子呵，我愧对你们，我连写这两个字在圈儿外的勇气都没有，怎敢当你们“先生”两个字的称呼，又怎配站在台上拿着粉笔对你们高谈法律以外的自由？

惭愧迷惘里也不知说些什么话。这些小孩子的脑子云过天青，跟着我说到别的去，也不再提战争了，我才定了神，完了课，连忙走了出来，好像逃脱一般。小孩子呵，我这受了社会的薰染的人，怎能站在你们天真纯洁的国里？

世人呵！请你们替我解围，替我给这些小孩子以满意的答复。若是你们也不能，就请你们不要再做惹小孩子们质问的事。直接受他们严重质问的人，真是无地自容呵!

一九二一年四月十日